AF186474

Tucholsky Wagner Zola Scott Sydow Freud Schlegel
Turgenev Wallace Fonatne
Twain Walther von der Vogelweide Fouqué Friedrich II. von Preußen
Weber Freiligrath Frey
Fechner Fichte Weiße Rose von Fallersleben Kant Ernst Frommel
Richthofen
Hölderlin
Engels Fielding Eichendorff Tacitus Dumas
Fehrs Faber Flaubert Eliasberg Ebner Eschenbach
Feuerbach Maximilian I. von Habsburg Fock Zweig
Ewald Eliot Vergil
Goethe Elisabeth von Österreich London
Mendelssohn Balzac Shakespeare Dostojewski Ganghofer
Trackl Lichtenberg Rathenau Doyle Gjellerup
Stevenson Hambruch
Mommsen Tolstoi Lenz Droste-Hülshoff
Thoma Hanrieder
Dach Verne von Arnim Hägele Hauff Humboldt
Reuter Rousseau Hagen Hauptmann Gautier
Karrillon Garschin Defoe Baudelaire
Damaschke Descartes Hebbel
Hegel Kussmaul Herder
Wolfram von Eschenbach Schopenhauer Rilke George
Darwin Dickens Grimm Jerome
Bronner Melville Bebel Proust
Campe Horváth Aristoteles
Bismarck Vigny Barlach Voltaire Federer Herodot
Gengenbach Heine
Storm Casanova Tersteegen Gilm Grillparzer Georgy
Chamberlain Lessing Langbein Gryphius
Brentano Claudius Schiller Lafontaine
Strachwitz Bellamy Schilling Kralik Iffland Sokrates
Katharina II. von Rußland Gerstäcker Raabe Gibbon Tschechow
Löns Hesse Hoffmann Gogol Wilde Vulpius
Luther Heym Hofmannsthal Gleim
Roth Klee Hölty Morgenstern Goedicke
Heyse Klopstock Kleist
Luxemburg Puschkin Homer Mörike
Machiavelli La Roche Horaz Musil
Navarra Aurel Musset Kierkegaard Kraft Kraus
Nestroy Marie de France Lamprecht Kind Kirchhoff Hugo Moltke
Laotse Ipsen Liebknecht
Nietzsche Nansen Marx Ringelnatz
von Ossietzky Lassalle Gorki Klett Leibniz
May vom Stein Lawrence Irving
Petalozzi Platon Knigge
Pückler Michelangelo Kafka
Sachs Poe Kock
Liebermann
de Sade Praetorius Mistral Zetkin Korolenko

Der Verlag tredition aus Hamburg veröffentlicht in der Reihe **TREDITION CLASSICS**
Werke aus mehr als zwei Jahrtausenden. Diese waren zu einem Großteil vergriffen
oder nur noch antiquarisch erhältlich.

Symbolfigur für **TREDITION CLASSICS** ist Johannes Gutenberg (1400 — 1468),
der Erfinder des Buchdrucks mit Metalllettern und der Druckerpresse.

Mit der Buchreihe **TREDITION CLASSICS** verfolgt tredition das Ziel, tausende
Klassiker der Weltliteratur verschiedener Sprachen wieder als gedruckte Bücher
aufzulegen – und das weltweit!

Die Buchreihe dient zur Bewahrung der Literatur und Förderung der Kultur.
Sie trägt so dazu bei, dass viele tausend Werke nicht in Vergessenheit geraten.

Erzählungen

Leopold Sacher-Masoch

Impressum

Autor: Leopold Sacher-Masoch
Umschlagkonzept: toepferschumann, Berlin

Verlag: tradition GmbH, Hamburg
ISBN: 978-3-8424-1349-8
Printed in Germany

Ziel der TREDITION CLASSICS ist es, tausende deutsch- und
fremdsprachige Klassiker wieder in Buchform verfügbar zu
machen. Die Werke wurden eingescannt und digitalisiert. Dadurch
können etwaige Fehler nicht komplett ausgeschlossen werden.
Unsere Kooperationspartner und wir von tredition versuchen, die
Werke bestmöglich zu bearbeiten. Sollten Sie trotzdem einen Fehler
finden, bitten wir diesen zu entschuldigen. Die Rechtschreibung der
Originalausgabe wurde unverändert übernommen. Daher können
sich hinsichtlich der Schreibweise Widersprüche zu der heutigen
Rechtschreibung ergeben.

Israel.

Goethe sagt: Das auserwählte unter den Völkern ist nicht das beste, sondern das andauerndste.

In diesem wunderbaren Ausspruch ist die ganze Geschichte des israelitischen Volkes enthalten, alle seine Schicksale, gute und böse, spiegeln sich in demselben. Ja, es war unter allen Völkern, die den Erdball bewohnen, das ausdauerndste und deßhalb hat es viel größere und mächtigere, als es selbst war, überlebt und sah den Ruhm, die lärmenden Thaten, den Glanz der Jahrhunderte, vorüberziehen, gleich Schemen. Es hat das üppige Babylon in den Staub sinken sehen, das Reich der Pharaonen und Rom, der Sturm der Völker brauste an ihm vorüber, Gothen, Vandalen und Hunnen, das römische Kaiserreich Karl's des Großen fiel in Trümmer, das geistliche Weltreich der Päpste, die Monarchie Karl's V., in der die Sonne nicht unterging. Holland, Schweden, Polen, traten vom Schauplatz ab, Spanien erntete die traurigen Folgen seiner Verfolgungswuth, der Thron der Bourbonen wurde umgestürzt, und der neue Cäsar fand in den Eiswüsten Rußlands sein Ende, doch Israel bestand noch immer. Es trotzte dem Mord, der Pest, dem Scheiterhaufen und ging durch den Wechsel der Zeiten, ergeben und geduldig, die heiligen Gesetzrollen um Arm.

Kein Volk ist so oft von Eroberern unterjocht, in die Sklaverei geschleppt, getheilt und zerstreut, keines so mit Feuer und Schwert verfolgt, unterdrückt, beraubt, geschmäht und gequält worden und es lebte immer und lebt noch heute, frisch und kräftig, wie einst in den gesegneten Thälern Kanaans.

Und doch ist heute wieder eine große Verfolgung gegen dasselbe im Zuge, ein Kampf, der durch alle Länder Europas geht, bedroht die schwer errungenen Rechte, die Bildung, das Eigenthum der Israeliten, ja ihre Existenz.

Woher in unserer Zeit, genau ein Jahrhundert nach der großen Revolution, nach der Proklamation der Menschenrechte, dieser Haß dieser Rassenkrieg. dieser religiöse Verfolgungswahn?

Mögen sich auch starke, egoistische, zumeist ökonomische Interessen unter der religiösen und nationalen Maske verbergen, es zeigt sich trotzdem in dieser ganzen Bewegung unleugbar eine Leidenschaft, welche nicht durch nüchterne Motive dieser Art erklärt werden kann.

Das jüdische Volk ist das älteste Kulturvolk Europas. Das ist der Grund. Andere Völker, welche eine gleich alte Kultur besitzen, sind ohne Einfluß auf uns geblieben, wie die Chinesen und Indier, oder vom Schauplatz verschwunden, wie die Egypter, Griechen, Römer. Hier ist aber ein Volk, mitten unter uns, das eine geordnete, musterhafte Staatsverfassung, das gute, vernünftige, humane Gesetze, einen reinen Gottesglauben, einen erhabenen Kultus, edle Sitten, die einzig richtige Moral und eine große, herrliche Literatur besaß, zu einer Zeit, wo unsere Voreltern noch in Höhlen oder Pfahlbauten wohnten, und im Kampfe mit wilden Thieren selbst ein halbthierisches Dasein führten. Und diese alte Kultur, dieser reine Glaube, diese herrliche Moral sind diesem Volke nicht zu einer Vergangenheit geworden, mit der spätere Schicksale und eine neue Civilisation jeden Zusammenhang zerrissen haben, sie sind keine interessanten Antiquitäten geworden, oft nur mit dem Reiz der Rarität, wie die Religion des Inkas, wie die altgermanische Götterwelt der Edda oder der Perun und die Lada der alten Slaven, nein, der Strom ihrer Bildung geht ununterbrochen, nur immer breiter und mächtiger durch die Jahrhunderte von Palästina an, durch die Blüthezeit griechischer Kunst und römischen Staatswesens, durch das finstere Mittelalter mit seinem großen Kampfe der Kaiser gegen die Päpste, durch die kirchliche Revolution Luther's und die Umwälzung von 1789 hindurch bis in unsere Tage.

Das Volk Israel ist aber nicht nur das älteste Kulturvolk, sondern auch heute in Europa mitten unter gebildeten Völkern, die eine hohe Stufe der Gesittung erreicht haben, das gebildetste, jenes, das die beste Moral, die mildesten Sitten besitzt und auf allen Gebieten menschlichen Wissens die regste Thätigkeit entwickelt.

Die alte Kultur ist nicht ohne Einfluß auf seine physische Natur geblieben. Durch Jahrtausende mit großen Ideen, erhabenen Empfindungen, edlen Gesinnungen und guten, menschlichen Sitten vertraut, hat es die thierischen Instinkte, die barbarischen Atavismen, weit mehr überwunden, als jedes andere und übertrifft alle an

Humanität, das ist an Friedensliebe, Abscheu vor Gewaltthat und Blutvergießen, Sittlichkeit und Nächstenliebe.

Dies beweist die europäische Statistik und gegen die Sprache der Zahlen gibt es keine Einwendung. Der Haß anderer Völker gegen das Volk Israel ist also nichts anderes, als der Haß des Indianers gegen den Trapper, der Haß des Wilden gegen den civilisirten Menschen.

Nie hat ein wahrhaft gebildeter Geist, ein wahrhaft edles Herz, ein wahrhaft reiner Charakter die Juden gehaßt oder verfolgt, im Gegentheil, die erleuchteten Männer aller Zeiten, aller Nationen haben sie vertheidigt und beschützt.

Diese Auserwählten liebten und lieben die Juden aus verschiedenen Gründen.

Zuerst, weil in dem jüdischen Volke, wie in keinem anderen, der Familiensinn lebendig ist, welcher die wichtigste Grundlage einer gesunden, sittlichen, politischen und sozialen Entwickelung ist.

Daß das israelitische Volt, als das älteste Kulturvolk den Sinn für Ehe und Familie am kräftigsten bewahrt hat, daß Ehelose in demselben eine seltene Ausnahme bilden, daß es mit Kindern reicher gesegnet ist, als jedes andere, daß in ihm die Liebe zwischen den Gatten, die Liebe der Eltern zu ihren Kindern und der Kinder zu ihren Eltern so lebendig ist, beweist, daß die Kultur, welche es besitzt, die geistigen Vorzüge nicht auf Kosten der physischen entwickelt hat, daß sie, statt den Verfall der jüdischen Rasse herbeizuführen, dieselbe in einem blühenden Zustand erhalten hat, somit, daß diese Kultur eine gesunde und naturgemäße ist.

Ein zweites Moment des jüdischen Wesens, das ihm die Herzen gewinnt, ist das Mitleid.

Schopenhauer, der Philosoph des Pessimismus, sieht im Mitleid die edelste, schönste Blüthe des Menschenthums, die Ueberwindung des Willens, der Selbstsucht.

Diese schönste Blüthe der Menschennatur, sie treibt nirgends so reich wie an dem jüdischen Stamm, in keinem Volke ist das höchste Moralgesetz, das Gesetz der Nächstenliebe so lebendig wie in dem israelitischen.

Als die Judenbill im englischen Oberhause diskutirt wurde, fragte ein Mitglied des Hauses den Erzbischof von Canterbury, den Primas der englischen Hofkirche: Ist es wahr, daß die Juden ein anderes Moral haben als die Christen?

Da erwiderte der erleuchtete Oberhirt: Die Juden haben diesselbe Moral wie wir, der Unterschied besteht nur darin, daß sie dieselben befolgen und wir nicht.

Kein Volk ist so mitleidig, so wohlthätig wie das jüdische, und es fragt nicht erst lange, ob der Unglückliche die Hülfe auch verdient, es fragt auch nicht, welchem Volke oder Glauben er angehört. Der Jude sieht in dem Hilfsbedürftigen einen Menschen, einen Bruder und hilft ihm, er kleidet den Bloßen, speißt den Hungrigen und pflegt den Kranken.

Eine weitere Tugend des jüdischen Stammes, welche derselbe aus seinen ältesten Wohnsitzen mitgebracht und unter allen Verhältnissen bewahrt hat, ist die Achtung vor dem Geiste und dem Wissen.

Mit dieser Achtung vor dem Geiste, vor dem Wissen geht Hand in Hand *die Liebe zur Freiheit und zum Fortschritt.* Diese große, jüdische Eigenschaft hat das Volk Israel zu einer ganz besonderen für die ganze Menschheit segensreichen Rolle berufen. Zerstreut über den ganzen Erdboden sind die Juden doch ein Volk, eine große Gemeinde geblieben, und so wurden sie gleichsam die elektrischen Drähte, auf denen die neuen Ideen und Tendenzen durch die Welt liefen, zugleich aber, erst unbewußt, dann mehr und mehr mit der edelsten Absicht die Träger der Kosmopolitismus.

Wenn die anderen Völker von ihren nationalen Interessen beherrscht und eingeengt wurden, blickte der Jude frei über die Grenzpfähle hinweg und fühlte sich vor allem als Mensch. Sein Gesichtskreis war jederzeit ein weiter, er umfaßte die ganze gebildete Welt, ja, darüber hinaus die Menschheit, und wenn die Anderen sich befehdeten, beraubten, mit Feuer und Schwert verfolgten, so erinnerte sie der Jude an jene höheren, größeren Ziele und Interessen, welche Allen gemeinsam sind und Allen Segen bringen, während das Schwert dem Sieger ebenso gut Wunden schlägt wie dem Besiegten.

Eine wahrhafte Geschichte der europäischen Zivilisation, nach den einzig richtigen Prinzipien eines Thomas Buckle ist noch nicht geschrieben; wenn wir sie eines Tages haben werden, wird sie zugleich eine ruhmreiche Geschichte des jüdischen Namens sein.

Und deßhalb ist es schon eine Pflicht der Dankbarkeit für uns, die wir den Juden so viel verdanken, dieselben nicht zu kränken und zu verfolgen, sondern ihnen mit Wohlwollen und Achtung entgegen zu kommen. Vor allem aber sie *kennen zu lernen*, ehe wir über sie urtheilen.

Zu dieser Kenntniß jüdischen Wesens sollen auch die folgenden Geschichten ein Weniges beitragen.

Lindheim in Oberhessen, Weihnachten 1892.

Dr. Leopold von Sacher-Masoch.

Der Weihnachtsabend des Rebb Abramowitsch.

Es war an einem Freitag und am Weihnachtsabend. Eine eigentümliche Ruhe und Stille war in der Natur, man hörte nicht einmal das Schreien eines Raben oder die Stimme eines Wolfes in der Ferne, alle Welt schien zu feiern und etwas zu erwarten, ein Ereigniß, die Ankunft eines lieben Gastes, eine große und seltene Freude. Nur einer war noch in Bewegung und unterwegs, es war ein armer, kleiner, polnischer Jude, Rebb Abramowitsch. Er beeilte sich furchtbar, und es war, als ob er nicht von der Stelle käme, denn um ihn war die Dunkelheit, der Frost, der Schnee, und wenn er tausend Schritte weiter gegangen war, war es wieder die Dunkelheit und der Schnee, keine Hütte, kein Baum, kein Ziehbrunnen war zu sehen, nicht einer jener Gegenstände, die uns sonst in der unendlichen Ebene als Wegweiser und Meilenzeiger dienen.

Rebb Abramowitsch beeilte sich, weil er jeden Augenblick erwartete, den schönen Stern zu sehen, welcher den Anfang des Sabbath ankündigt, diesen glänzenden Boten des Himmels, welcher zugleich ein Bote des Friedens und der Freude für Tausende ist, welche einst die Rosen von Saron blühen und die Trauben von Kanaan reifen sahen und jetzt in den schmutzigen Städten und elenden Dörfern Rußlands und Polens zerstreut sind, hier zwischen Lehmwänden und Strohdächern, dort in kleinen Gewölben zusammengepreßt wie ihre Waaren, welche Staub und Motten verzehren. Noch sah er den Stern nicht, vielleicht, weil er wie jeder Jude mit seinem Gotte zu handeln verstand, weil er, der es niemals gewagt hätte, ihm ungehorsam zu sein, es ganz selbstverständlich fand, denselben zu überlisten.

Rebb Abramowitsch drückte die Augen zu, warum sollte er es nicht? wo stand es denn im Talmud geschrieben, daß dies verboten sei? aber er machte zu gleicher Zeit Schritte, wie er sie noch nie gemacht hatte, es schien, daß er seine Beine als etwas Unnützes von sich schleudern wollte, und seine enge Brust keuchte unter dem großen Bündel, das er auf dem gekrümmten Rücken trug. Seine Glieder flogen hin und her wie die einer Marionette, der Wind, welcher über die Fläche blies, drohte sie jeden Augenblick zu trennen und nach allen Himmelsgegenden zu entführen. Und während

Rebb Abramowitsch die Augen zudrückte und die Beine von sich warf, kamen die kleinen mageren Hände aus dem Kaftan hervor und machten Gesten, die nur er verstand, und sein gelbes Gesicht blickte kummervoll. Er selbst machte sich bittere Vorwürfe darüber, daß er sich verspätet hatte, denn er kannte die Gesetze besser als jeder Andere. Er trieb Handel mit allem was sich kaufen und verkaufen läßt und war zugleich ein Weiser, ein Grübler, der sich nicht einmal vor dem Irrgarten der Kabbalah, der jüdischen Geheimlehre, fürchtete. Die verschleierte Schöne, wie die Juden den Talmud nennen, begleitete ihn auf allen seinen Wegen, sie lächelte ihm zu, während er Zwiebeln oder Eier kaufte und wenn er rothe Tücher, falsche Korallen oder bunte Bänder verkaufte. Diese gefährliche Schöne, welche schon so viele Köpfe mit kurzen Löckchen und langen Bärten verdreht gemacht hat, hatte ihm auch heute eines ihrer Räthsel aufgegeben, und dieses Räthsel war Schuld, daß er zu spät kam, daß er, während der Sabbath schon begonnen hatte, noch unterwegs war und auf diese Weise den Sabbath entheiligte.

Die verschleierte Schöne war schuld und der tiefe Schnee, welcher seine Schritte hemmte, denn dieser hing nicht wie ein Aufputz von Spitzen an den Gegenständen, er nahm von allem Besitz, Erde, Himmel und Wasser, alles war Eis und Schnee.

Da wurde es licht und als Rebb Abramowitsch vorsichtig mit halb geschlossenen Augen um sich blickte, bot sich ihm ein wunderbares Schauspiel dar. Die weite Ebene schlummerte unter dem weißen, flimmernden Hermelin des Winters mit blitzenden Eiszapfen wie mit Diamanten geschmückt. Nicht weit von der Straße zog jetzt der Fluß dahin, mit Eis bedeckt, eine große glänzende Schlange, die sich streckt und windet. Kleine Hügel erhoben sich zur Rechten, Zäune aus Birken standen da, der Wald drängte sich in düstren Massen heran, deren schweigendes Dunkel hier und da durch zwei irrende Lichter, die phosphoreszierenden Augen eines Wolfes, der auf Raub ausging, belebt war.

Wieder hundert Schritte und ein Teich breitete sich nahe der Straße aus, ein Garten mit silbernen Blumen. Einzelne Weiden neigten traurig ihre kahlen Aeste, an denen große Eiszapfen hingen. Rebb Abramowitsch sah dies alles deutlich, aber den Stern sah er immer noch nicht, denn er wagte es nicht, sein ängstliches, bleiches Gesicht zum Himmel zu erheben.

Endlich Lichter, silberne Wälle, silberne Dächer, ein Dorf, still und schlummernd. Es war nicht das, in dem der arme Jude wohnte, aber er wußte, daß er hier Glaubensgenossen finden, daß er bald ein Dach über seinem Kopfe haben würde und so klopfte sein Herz plötzlich freudig und er erhob unwillkürlich den Kopf.

Der Himmel war über ihm, eine weite Kuppel, ruhig und dunkel und jetzt mit einem Male stand der schöne Stern vor ihm, der Bote der Nacht, der Liebe und des Friedens, der den Kindern Israels die Nacht und mit dieser den Tagesanfang ankündigt, der Stern, welcher den armen Hirten und den Königen des Morgenlandes die Ankunft des Erlösers verkündet hatte.

»Sabbathanfang!« murmelte er. In diesem Augenblick suchte er nicht nur seinen Gott, sondern sich selbst zu täuschen. Er wußte aber jetzt auf jeden Fall, daß er seinen Weg nicht fortsetzen dürfe, ja, daß er an der ersten Thüre, wo er die kleine Rolle mit einem Satze des alten Testaments erblicken würde, anklopfen müsse. Er ging jetzt sachte, er schlich längs der Hütten hin und blickte vorsichtig in die Fenster und auf die Thürpfosten. Da stand zur Linken ein Haus, etwas abseits von den andern, das nicht aus Weidenruthen und Lehm, sondern aus Holz aufgeführt, und nicht mit Stroh sondern mit rothen Ziegeln gedeckt war.

Ein Fenster dieses Hauses war hell erleuchtet, so daß breite Garben eines weißen, milden Lichtes vor die Füße des armen Wanderers fielen. Er blieb stehen. »Ein jüdisches Haus, dachte er, denn die Sabbathlampe brennt, und ein reiches Haus, denn es gleicht fast einem Edelhof.« Rebb Abramowitsch trat näher, er suchte die Rolle und fand sie nicht, er blickte in das erleuchtete Fenster, aber er konnte nichts entdecken, da die dichten Vorhänge vollständig zugezogen waren. Noch einmal blickte er um sich und als er sah, daß nur in diesem einen Hause dieser Glanz war, der den Eingang und das Ende des Sabbaths begleitet, so faßte er sich ein Herz und trat durch den Flur und die offene Thür in die erleuchtete Stube mit den Worten: »Der Gott Abrahams, Israels und Jakobs segne Euch.«

Doch nur zwei Schritte hatte Rebb Abramowitsch« gemacht und schon stand er starr und fast entsetzt da und zu gleicher Zeit blickten alle, die in dem weiten Gemach waren, halb erstaunt und halb ärgerlich auf ihn.

In der Mitte der Stube stand in einem irdenen Topf ein großer Tannenbaum, welcher Rebb Abramowitsch an den brennenden Busch Mosis erinnerte, er strahlte von kleinen Lichtern, welche ihren zitternden Glanz auf die vergoldeten und versilberten Aepfel, Nüsse und Tannenzapfen warfen, die sich zwischen grünen Nadeln verbargen. Dazwischen sah man Reiter und Thiere aus Lebkuchen, allerhand Spielzeug und hoch oben einen funkelnden Stern, während um den Baum herum verschiedene Dinge, die sorgfältig in Papier gewickelt waren, herumlagen. In einem Lehnstuhl saß eine hochbetagte Frau, mit weißem Haar und einem glücklichen, gütigen Gesicht. An sie hatten sich ihre kleinen Enkel geschmiegt, von jener Scham und jener Furcht beherrscht, welche die höchste Freude erzeugt, während ihre Tochter, die junge, schlanke Herrin des Hauses eben begonnen hatte, die Geschenke zu vertheilen und die Dienstboten mit ihren hohen, schweren Stiefeln und ihren an die asiatischen Steppen mahnenden langen zottigen Röcken sich seitwärts an die Wand drückten.

Der Hausherr, welcher eben den Kindern die Krippe mit dem Christuskinde zeigte, kam zuerst zur Besinnung.

»Was willst Du hier?« rief er, »mach, daß Du fortkommst!« Rebb Abramowitsch hatte längst begriffen, daß er am unrechten Orte und zu unrechter Zeit gekommen war, und so setzte es ihn garnicht in Erstaunen, daß man ihn hinauswies. Wenn er über etwas erstaunte, so war es, daß man nicht gleich die Hunde auf ihn hetzte. Er neigte sich demüthig vor der schönen Frau, die ihm in ihrer mit Zobelpelz besetzten Kazabaika aus türkischem Stoff wie eine Czarewna erschien und zog sich dann ängstlich über die Schwelle zurück, indem er Schritt für Schritt unter tiefen Bücklingen nach rückwärts ging. Da eilte ihm ein großer Knabe nach, groß und schön, neun oder zehn Jahre alt, mit blondem Haar, auf dem der goldige Wiederschein des Christbaumes spielte, und großen blauen Augen. Das Kind nahm Rebb Abramowitsch bei der Hand und sah ihn an. Der arme Jude wußte nicht, wie ihm geschah. Er hatte in der Kabbalah von den verschiedenen Heeren der Engel gelesen, welche die Himmel beleben, aber er hatte noch nie einen Engel gesehen. Jetzt aber war es, als stände einer vor ihm. Das Kind sah ihn an, mit diesen überirdischen Augen, in denen der Traum eines Glückes war, das nicht ist, einer Schönheit, die man nicht findet, einer Wahrheit, die man vergebens sucht, einer Liebe, die nicht von dieser Erde ist.

»Geh' nicht fort,« sagte das Kind leise und schlug jetzt die Augen nieder.

»Laß ihn doch,« flüsterte die Mutter ärgerlich, als sie die weiße sammtne Hand des Kindes in der wetterbraunen, von Frost gerötheten des Juden sah. Dieser nickte dem Kinde zu, traurig und dankbar zugleich und wollte gehen, aber der Knabe hielt ihn zurück.

»Warum soll er nicht bei uns bleiben,« fragte er erschreckt, wie wenn sich zum ersten Male der Abgrund des Lebens vor ihm aufthun würde, »was hat er denn Böses gethan? Ist Weihnachten, ist das Christkind nicht für alle!« Große Thränen traten ihm in die Augen und er hielt den armen Juden mit beiden Händen fest.

In diesem Augenblick vergaßen die Menschen, die hier um den Christbaum vereint waren, die Vorurtheile, die sie aus ihren Büchern geschöpft hatten, die Großmutter winkte dem Juden zu bleiben, die schöne, junge Frau lächelte ihm zu, und Rebb Abramowitsch dachte an alles, nur nicht an das Gesetz, das ihm verbot, bei einem Christen zu genießen, was nicht koscher war.

Er ließ sein Bündel zur Erde gleiten, stellte den Stock in die Ecke und folgte dem schönen Knaben zu dem flimmernden Baum, wo ihn dieser mit vergoldeten Aepfeln und Nüssen, mit Lebkuchen und verschiedene hübschen Kleinigkeiten beschenkte.

Rebb Abramowitsch dankte, lächelte und wehrte ab, aber das Kind ließ es sich nicht nehmen, auch noch selbst die tiefen Taschen seines Kaftans zu füllen. Nachdem ein jeder erhalten hatte, was ihm bestimmt war, ging man in das Nebenzimmer, wo der Tisch gedeckt war, und der arme Jude saß jetzt mitten unter der adeligen Familie, und es fiel ihm gar nicht ein, daß er das Gesetz verletzt hatte und bei Christen aß. Der schöne Knabe saß neben ihm und freute sich, daß er ihm vorlegen durfte, und Rebb Abramowitsch hielt es für seine heilige Pflicht, alles aufzuessen, was der kleine Engel auf seinen Teller legte, und das Merkwürdigste war, daß er nicht daran erstickte, obwohl es nicht koscher war. Nach dem feierlichen Mahl versammelten sich alle vor der erleuchteten Krippe, und sangen zusammen die Kolendy, die uralten Weihnachtslieder. Rebb Abromowitsch lauschte, seltsam bewegt, der hellen, süßen Stimme des Knaben, welche auf silbernen Flügeln über dem Chor der anderen zu schweben schien und vergaß mehr und mehr sich, die Welt und vor allem den Talmud mit seinen strengen Gesetzen. Als der Gesang zu Ende war, erwachte er wie aus einem Traume, besann sich und ergriff rasch sein Bündel und seinen Stock, um bei Glaubensgenossen, ein Obdach für die Nacht zu suchen. Der Knabe reichte ihm die Hand und sah ihn noch einmal an, mit diesen Augen, die jedes Herz bewegen mußten, während der Jude seine braune Hand auf dessen Scheitel legte und ihn segnete. Dann ging er rasch hinaus.

Draußen war die flimmernde Winternacht und der funkelnde Sternenhimmel. Aus der Ferne ertönte Gesang, und es war, als ob die Engel in der heiligen Nacht hoch oben in den Lüften schweben und singen würden: »Ehre sei Gott in der Höhe und Friede den Menschen auf Erden.«

So kam es, daß Rebb Abramowitsch Weihnachten feierte und sich zum ersten Male der Geburt unsres Heilands Jesus Christus freute.

Rabbi Abdon.

Die Kabalah. – Der Jude als Ackerbauer.

Die Sonne war untergegangen. Die Nebel des düsteren Winterabends breiteten sich langsam um die Thürme und Dächer der kleinem Stadt, welche tief im Süden Rußlands zwischen wilden Waldrevieren, Sümpfen und Steppen verloren war. Der Sturm hatte überdies hohe Schneewälle aufgeführt, welche die Menschen in ihren kleineren hölzernen Häusern gefangen hielten. Im letzten Abendstrahl schienen die Frostblumen an den kleinen Fenstern noch einmal in den Farben des Frühlings aufzublühen.

Dann erlosch auch dieser armselige Schimmer und graue eintönige Dämmerung erfüllte das weite Gemach, in dem der greise Rabbi Abdon saß, vertieft in seltsame Gedanken und Erinnerungen.

Die alte Magd kam leise herein, zündete die Lampe an und verschwand wieder unbemerkt, wie sie gekommen. Der Rabbi regte sich keinen Augenblick. Das flackernde Licht tauchte all' die heiligen und geheimnißvollen Dinge, die ihn umgaben, die Gesetzrollen, die Lederbände des Talmud, den Sochar, das Buch des Glanzes und den Ilan, den Baum des Lebens, an der Wand in eine Art Verklärung, aber der Greis sah sie heute nicht. Sein hagerer Körper, in sich zusammengesunken, schien leblos, sein mit Runzeln bedecktes Antlitz erstarrt, nur die großen Augen verriethen, daß sein Geist noch nicht entflohen war.

Er fragte sich in diesem Augenblick, warum er noch lebe? Er hatte ein gottesfürchtiges, tadelloses Leben hinter sich, und er hatte alle Geheimnisse der Kabbalah erschlossen, ihn erwartete die Seligkeit der Frommen und der große Lohn, welcher jedem zugesagt ist, der sich mit der Wissenschaft beschäftigt, die Gott selbst dem Adam überliefert haben soll. Was half ihm aber seine Frömmigkeit, was half ihm sein Wissen? Er war allein, einsam in einer Welt, die er nicht verstand, und die ihn nicht verstand, verlassen, ohne Liebe, unter Menschen, die ihm nur mit heiliger Scheu und Ehrfurcht nahten.

Was nützten ihm am Rande des Grabes Gematria, Notarikon und Themurah, die Lehre, mit deren Hilfe man den geheimen Sinn entziffert, den Gott in die heilige Schrift gelegt? Was nützte es ihm, daß er in stillen Nächten den Urquell des Lichtes, des Geistes und des Lebens, den Verborgensten der Verborgenheiten wie hinter einem Schleier sah? Daß er im Menschen, die Welt im Kleinen, wie in einem Zauberspiegel betrachten konnte? Daß er mit den zehn Sephirot und den vier Welten vertraut war, daß die Engel bei ihm aus- und eingingen? Wozu diente ihm seine Macht über die Geister und Dämonen? Er konnte Samael und Aschmadin bannen, wenn er wollte und die schöne Lillith zwingen seinen Geboten zu gehorchen, aber er war machtlos gegen den Nebel, der sich um ihn zu Gestalten zusammenballte, gegen die Stimmen, die in der Stille des Abends heimlich zu flüstern begannen.

Ja, er war allein mit seinen todten Schätzen, und er hatte doch einst ein geliebtes Weib gehabt, schön und tugendsam, und einen Sohn – ja dieser Sohn – wo war er? lebte er noch? oder war er geschieden von der Erde wie seine Mutter?

Sie war ein stilles, reizendes Geschöpf, diese kleine Frau, die schlank und schön wie ein Reh durch seine Zimmer schlüpfte, wenn er in seine Folianten versunken war. Selten nur stahl sich ihr Lächeln wie Mondlicht in seine Seele, meist beachtete er sie gar nicht. Vergebens schmückte sie ihre anmuthigen Glieder, vergebens ließ sie ihre helle Stimme, ihr verschämtes Lachen in diesem finstern Raum ertönen, in dem sich ein kleiner Menschengeist vermaß die Pforten des Paradieses und der Hölle aufzureißen.

Und sie hatte ihn dennoch geliebt, aber einsam, mit ihrem armen darbenden Herzen war sie zu früh dahingewelkt, und eines Tages lag sie mit ihrem letzten Lächeln auf den kalten Lippen da.

Er hatte sie verloren für immer.

Und jetzt! jetzt hätte er den kleinen Sammtpantoffel an ihrem Fuße küssen mögen, wenn er nur wieder einmal ihren leisen Schritt hätte vernehmen können inmitten dieser mit Staub und Moder bedeckten Welt, die ihn umgab.

*

Aber sein Sohn! Er lebte vielleicht noch, nur weit von ihm, sehr weit in der Ferne.

Er war sein ganzer Stolz gewesen. Er sollte nicht allein der Erbe seines Namens, aller seiner Habe werden, ein ungleich kostbareres, heiliges Vermächtniß wollte er ihm hinterlassen, seine ganze Weisheit, das Gold der Wissenschaft, das er aufgespeichert, alle Geheimnisse, die ihm die Zauberkraft der Kabbalah aufgeschlossen hatte, und er hatte dies alles verschmäht um eines thörichten Mädchens, um einiger grünen Bäume und um eines Feldes voll reifender Aehren willen. Zum Rabbiner war er bestimmt, der kleine Simon, aber er liebte die Stubenluft nicht. Wenn der erste Sonnenstrahl auf den Lederband fiel, vor dem er saß, war es wie ein goldner Faden von Feenhand gewoben, der ihn hinauszog und hatte er erst diese schwarze Erde betreten, die der russische Bauer so zärtlich liebt, da fühlte er gleich diesem den Athem der treuen, unwandelbaren Freundin, der einzigen, die uns jede Sorgfalt, jeden Dienst tausendfach zurückgiebt, da hörte er in den rauchenden Blättern die geheimnißvolle Stimme der ewigen Mutter.

»Oh! ich kenne ein schöneres Buch«, sprach er dann zu seinem Vater, auf den Talmud deutend, »das hat Gott selbst geschrieben, darin ist der grüne Wald zu sehen und Tonne, Mond und Sterne.«

Wenn die Bauern ackerten, folgte er von Ferne gleich den Krähen ihrem Pfluge, und wenn die Sicheln zur Erntezeit erklangen, verbarg er sich hinter den Garben und weinte.

Rabbi Abdon hatte ihn schon als Kind verlobt mit der Tochter eines reichen Mannes, von gleich edlem Stamme, des Kaufherrn Jonathan Ben Levy in Amsterdam, dessen Schiffe bis nach Indien segelten.

Als Simon aber herangewachsen war, nahm eine Andere sein Herz gefangen. Es war ein armes Mädchen, Darka Bariloff. Ihre Eltern besaßen eine elende Schenke in der Vorstadt draußen und einen kleinen Acker.

Auf diesem Acker hatte Simon das schöne, kräftige Mädchen mit dem Leib einer Judith und dem holden, von rothblonden Flechten gekrönten Haupt einer Ruth, das erste Mal getroffen. Er war mit seinem Sohne Luchot-Haberith hinausgegangen in die Felder, um sich in den Geist der Kabbalah zu versenken und sah plötzlich das jüdische Mädchen, das hinter dem Pfluge ging, vor den ein mageres, kleines Pferd gespannt war. Da warf er den kostbaren Band weit von sich, ergriff den Pflug und setzte die Furche fort, welche Darka begonnen hatte, und als die Arbeit gethan war, saßen sie auf dem Feldrain und sprachen zusammen ernst und verständig, während sie aus Feldblumen einen Kranz wand, und zwischen ihnen blühte unsichtbar eine Wunderblume auf, die Blume der Liebe.

Der alte Rabbi erinnerte sich auch des Tages, wo es zu der verhängnißvollen Auseinandersetzung mit seinem Sohne kam. Er sah ihn in diesem Augenblicke vor sich mit seinen leicht geröteten Wangen und seinen leuchtenden Augen. Jedes der harten Worte, die er damals im Zorn herausgestoßen, war noch in seinem Gedächtniß geblieben, und er hörte in dieser einsamen Stunde der Verlassenheit noch einmal die Antwort seines Simon, der ruhig und ehrerbietig, aber muthig und begeistert wie ein Prophet sprach:

»Der Jude«, rief er zuletzt, »hat sich die unglückliche Lage, in der er sich heute noch in den östlichen Ländern befindet, nicht selbst geschaffen; er wurde durch seine Verfolger in die engen, finsteren Straßen des Ghetto gesperrt und von jeder Arbeit, jedem anderen Beruf ausgeschlossen, gezwungen sich ausschließlich dem Handel zu widmen. Es ist aber unsere Schuld, wenn wir heute diese zweite babylonische Gefangenschaft verlängern, die Ketten sind gesprengt, die Schranken gefallen. Wer es mit seinem Volk, seinem Glauben ehrlich meint, der verlasse diese finstren Winkel, in denen nur ein kleinlicher, engherziger Geschäftsgeist zu blühen vermag, oder eine düstre, grillenhafte, unfruchtbare Wissenschaft. Heute liegt das Feld der geistigen Arbeit offen vor uns, offen jede Art menschlicher Thätigkeit. In Odessa haben erleuchtete Männer unseres Stammes sich an die Spitze einer Bewegung gestellt, welche den Juden vor allem zu der Landwirtschaft, zum Ackerbau zurückführen soll, welche das Volk Israel im gelobten Lande glücklich und mächtig gemacht haben.

Ich will nicht mein Leben bei den Büchern versitzen, ich will nicht handeln und feilschen in einem dunklen Gewölbe, ich brauche Luft und Licht, und ich will selbst meinen Acker bestellen wie Boas.« Der Vater blieb seinen Bitten verschlossen wie seinen Gründen, und als der Sohn bei seinem Entschluß beharrte, hatte er schon den Fluch auf den Lippen, aber er sprach ihn gottlob nicht aus.

Dieselbe Nacht hatte sein Sohn die Stadt verlassen und Darka war mit ihm entflohen

Seither, seit mehr als zehn Jahren, hatte man nichts von ihm gehört.

*

Die Lampen brannten trüber, der Nebel um ihn wurde dichter, seine Augen schienen zu erlöschen. Der alte Rabbi barg sein Gesicht in den Händen und heiße Thränen flossen seine Wangen herab.

Da ging leise, ganz leise die Thüre, ein Schritt ließ sich vernehmen, so sanft und zaghaft wie vormals jener seines Weibes, und dann zupfte es am Aermel, erst furchtsam und dann immer dringender.

Rabbi Abdon ließ die Hände sinken und hob den Kopf. Träumte er noch weiter oder war es eine selige Vision? Vor ihm stand ein Knabe, groß und schön – Simon – sein Sohn – wie er in jenen Tagen gewesen war, als der Greis sich abgemüht hatte ihn beim Talmud und des Kaballah festzuhalten. Langsam, immer von der Furcht geleitet, das schöne Bild könnte zerfließen wie der Nebel, wie die Phantome, die seine Erinnerung ihm vorzauberte, hob Rabbi Abdon die zitternde Hand und berührte den Knaben.

Nein, es war kein Schemen, er lebte. Der Greis, welcher die Arme nach ihm ausbreitete, um ihn zu segnen, um ihn an sein Herz zu ziehen, sprach feierlich den Namen des Ewigen aus, des Gottes Abrahams, Isaaks und Jakobs und begann dann laut zu schluchzen.

Durch die offene Thür stürzte jetzt Simon herein und zu den Füßen seines Vaters, der den verlorenen Sohn stumm an seine Brust drückte. Darka folgte, ein kleines Mädchen an der Hand und ein zweites auf dem Arme.

Als Simon aufstand, staunte ihn der Rabbi an, er stand so groß so kräftig vor ihm in seinen hohen Stiefeln, seinem rothen Hemde und seinem langen Tuchrock, und wie schön kleidete das junge, jüdische Weib der gestickte Lammpelz und der Kokoschnik der russischen Bäuerin.

»Deine Kinder?« sprach Rabbi Abdon. Es waren die ersten Worte, die über seine Lippen kamen.

»Ja, Vater, dies ist Simon, der älteste, er hilft mir schon säen und führt die Pferde, wenn ich pflüge, und er liest auch schon die Thora und den Talmud.«

»Ihr habt Land gekauft? – Womit?« fragte der Rabbi.

»Aus dem Erlös unserer Arbeit«, erwiderte Simon, »wir haben gepflügt, gesäet, geerntet und gespart und heute sind wir reiche Bauern.« »Und es wird Dir nicht schwer, Dein Feld zu bestellen?« forschte der Greis, »kann Dein Körper es aushalten?«

»Vater, ich war auch Soldat«, rief Simon stolz, »ich habe mich gegen die Türken in Asien geschlagen und war dabei als Grenadier, an dem Tag der Ehren, wo wir Russen die Festung Kars mit Sturm nahmen.«

»Wir sind gekommen um Dich zu holen, Vater,« sprach jetzt Darka mit einem herzlichen Lächeln.

»Ja, Großvater,« rief der Enkel, der zwischen seinen Knieen stand, »ich habe schon eine Laube für Dich gebaut vor dem Hause, dort werden wir zusammen die Haggadoths lesen, willst Du?«

»Ob ich will?« rief der Greis, »gewiß will ich, Simonchen.«

*

Heute wohnt Rabbi Abdon bei seinen Kindern und mitten unter seinen Enkeln. Die Gesetzrollen, der Talmud, der Sohar und der Ilan haben die Reise mitgemacht, er sitzt aber lieber in der Laube vor dem Hause, die der kleine Simon ihm erbaut hat, und noch lieber in dem Haus aus Garben, das der Knabe ihm aufrichtet jedesmal, wenn die Ernte begonnen hat. Dann leuchtet der blaue Himmel über ihm, um ihn wehen die Halme und Gräser, klingen die Sicheln, die Lieder der Schnitter, und er sitzt mitten in dem Segen mit seinem Talmud, ein Patriarch.

Das Mahl der Frommen.

Der Possenreißer.

Adolf Tigersohn war der offizielle Possenreisser der jüdischen Gemeinde zu Lindenberg. Er war berühmt in Israel, so weit man eben in einer kleinen Stadt, in einem verlorenen Winkel, zwischen Haide und Moor berühmt sein kann.

Tigersohn war zur lustigen Person der göttlichen Komödie geboren. Alles an ihm war komisch, seine hagere Gestalt mit den langen, krummen Beinen, sein galliges, bewegliches Gesicht mit der großen Hackennase, seine großen blauen Rabenaugen, sein Gang, seine Bewegungen, seine Redeweise und doch war er im Grunde ernster als Alle, die ein grämliches Gesicht machten. Vielleicht war er nur ein verkappter Philosoph, dem die Welt aus der Höhe, aus der er sie betrachtete, klein und lächerlich erschien, aber sicher hatte er etwas von einem Narren Shakespeares und von dem Knappen des Ritters von la Mancha an sich.

Seine Talente waren unerschöpflich. Er war zugleich Taschenspieler, Sänger, Schauspieler, Akrobat, Musiker, Zeichner und Poet. Wenn er die Anwesenden nachzuahmen, wenn er Karrikaturen zu zeichnen, Gedichte, Lieder zu improvisiren begann, so nahm die Heiterkeit kein Ende. Alle Welt liebte ihn, die Jugend vergötterte ihn. Wer Tigersohn in seinem Glanze sehen wollte, mußte einer Hochzeit in Lindenberg beiwohnen, da gab er sein Bestes nach dem Spruche des Talmud: »Wer Braut und Bräutigam erfreut, der hat soviel gethan, als habe er eine der Ruinen Jerusalems auferbaut.«

Auch eine Heirath war in der lustigsten Weise vor sich gegangen.

In Lindenberg lebte ein hübsches und kluges, jüdisches Mädchen Fischele Löwenhaupt, ein Muster von einem Mädchen, aber sehr mager. Diese gute Seele hatte den unglücklichen Einfall, eines Tages zu behaupten, daß ein so lächerlicher Mensch, wie Adolf Tigersohn, niemals eine Frau bekommen könne.

»Wer hat das gesagt?« fragte der Possenreißer, als ihm dieses Urtheil hinterbracht wurde.

»Fischele Löwenhaupt.«

»So – gerade sie wird mich nehmen.«

Nicht lange darnach war Purim, der jüdische Karneval. Fischele war zu ihrem Oheim, dem reichen Kaufmann Marderkopf, geladen, und als die jungen Leute heiter zu werden begannen, erschien auch der Possenreißer, denn was wäre Purim ohne Adolf Tigersohn gewesen.

Der heitere Weise war diesmal als Türke gekleidet, hatte eine riesige Maskennase, eine große Brille und eine fuchsrothe Perrücke.

Ein von Frau Marderkopf wunderbar nach Art des Leviathan zubereiteter Hecht gab dem Possenreißer Anlaß, mit den Leberreimen zu beginnen, in denen er besonders groß war. Nachdem er alle Anwesenden mehr oder minder durchgehechelt hatte, wendete er sich an Fischele und sprach unter köstlichen Grimassen:

»Die Leber ist von einem Hecht und nicht von einem Bär, wenn manches Mädchen schweigen könnt', es vielmals besser wär. Die Leber ist von einem Hecht und nicht von einem Rochen, man findet schwerlich einen Mann mit nichts als Haut und Knochen.«

Während die Anderen in ein schallendes Gelächter ausbrachen, floh die arme Fischele hinaus auf den Flur und als Tigersohn sich nun gleichfalls aus dem Staube machte, sah er sie draußen in einem dunklen Winkel stehen und weinen.

*

Der Possenreißer ließ erst ein paar Wochen in das Land gehen, dann kam er eines Tages in das Haus des Tapezierers Löwenhaupt, und da er ein helles Kleid hinter den Stachelbeerhecken erblickte, schlich er vorsichtig in den Garten und sah richtig Fischele in der Laube mit einem Buch und einem Strickstrumpf.

Sie sah ihn gar böse an, wie eine Katze, die sich zum Sprunge bereit macht, aber er kehrte sich nicht daran.

»Na, das ist schon ein guter Anfang,« sprach er, »Sie lachen wenigstens nicht mehr über mich.«

»Gehen Sie, Sie sind ein schlechter Mensch,« rief Fischele, »wenn ich keinen Mann bekomme, so sind Sie daran schuld. Sie allein.«

»Einen Mann bekommen Sie schon,« erwiderte der Possenreißer, »aber hier in der Gegend nimmt Sie keiner – außer mir. Das ist richtig.«

»Sie geben es zu.«

»Gewiß, aber ich nehme Sie.«

Fischele sah ihn starr an, dann begann sie laut zu lachen.

»Sie wollen mich zur Frau nehmen? Das ist doch gar zu komisch.«

Tigersohn setzte sich gelassen auf die Bank zu Fischele und suchte ihre Hand zu erhaschen, aber sie versteckte sie und rückte von ihm fort.

»Hören Sie,« flüsterte er, »jetzt haben wir uns nichts mehr vorzuwerfen. Ich bin lächerlich, Sie sind lächerlich, das stimmt. Tigersohn und Löwenhaupt stimmt auch. Man kann einen Pfau und eine Gans nicht zusammen einspannen, aber zwei reißende Thiere, wie wir, geben ein herrliches Gespann.«

Fischele wendete sich ab und lachte in ihr Taschentuch hinein.

»Sind Sie noch böse?«

Sie antwortete nicht, aber er erhaschte ihre Hand und küßte sie.

»Ich werde aber immer über Sie lachen müssen, Adolf, wenn ich Ihre Frau bin.«

»Es ist doch besser, als wenn Sie über mich weinen müßten.«

»Und ... «

»Was, meine einzige Fischele?«

»Sie lieben doch die mageren Frauen nicht?«

»Ich kenne einen kleinen Doktor, der wird Sie von Ihrer Magerkeit kurieren.«

»Also, Sie wollen mich durchaus?«

»Durchaus?«

»Gut. Ich nehme Sie.«

Der Possenreißer klatschte jubelnd in die Hände, dann packte er das hübsche Mädchen beim Kopf und küßte sie.

Im Herbste feierten sie ihre Hochzeit. Alle Welt wünschte ihnen Glück und Segen, aber heimlich sagte ein Jeder:

Was soll das werden? Ein Narr und eine Närrin! denn wäre sie keine Närrin, hätte sie ihn nicht genommen.

*

Und was wurde es? Die beste Ehe, welche Lindenberg seit Menschengedenken gesehen hatte.

Vor allem geschah ein Wunder, Fischele war mit einem Male nicht mehr mager. Sie fragte wiederholt nach dem kleinen Doktor, der lange auf sich warten ließ, aber plötzlich war er da, es war der kleine Possenreißer, der schreiend in der Wiege lag und komische Gesichter schnitt, wie sein Vater, und zugleich war Fischele zu einem üppig schönen Weibe erblüht, um das mehr als einer den lächerlichen Tiegersohn beneidete.

Sie lebten wie zwei Täubchen. Wenn es überall Zank gab, im Hause des Possenreißers gab es keinen, ja nicht einmal eine Gardinenpredigt, die doch in einem deutschen Hausstand unerläßlich scheint.

»Wie macht es doch dieser Narr,« sagte eines Tages der reiche Moritz Weintraub, »daß ihm seine Frau niemals den Kopf wäscht. Er sitzt doch oft länger im Gasthaus als wir, und niemals hat er Verdruß mit ihr.«

Das war so einfach. Als die Honigwochen zu Ende waren, kam der Possenreißer einmal spät in der Nacht aus dem Wirthshaus zurück. Die junge Frau war schon zu Bett. Tigersohn kam in aller Hast herein und rief: »Schnell, Fischele, steh' auf aber recht schnell.«

»Brennt es denn?« fragte sie erschrocken, während ihr Mann ihr die Hausschuhe anzog.

»Nein, nein, zieh' Dich nur an.«

Sie schlüpfte in den blauen Morgenrock, welchen der Possenreisser bereit hielt.

»So,« sagte er, »noch die kleine Haube, die Dir so gut steht.«

Sie lächelte und setzte auch die Haube mit den rothen Bändern auf.

»Nein, bist Du hübsch!« rief der Possenreißer, wer hat solch' eine Frau in Lindenberg? Niemand als Adolf Tigersohn. So, jetzt kann es losgehen.«

Er kniete vor ihr nieder, faltete die Hände und bat: »Gieb mir eine Maulschelle, Fischele.«

»Warum?«

»Weil ich eine Dummheit begangen habe.«

»Was für eine Dummheit?«

»Bin ich doch geblieben so lang in der Kneipe und hab' so ein Frauchen zu Hause. Ist das nicht eine große Dummheit?«

Fischele begann zu lachen; sie war nicht mehr böse.

»Also – ich bitte Dich ....«

Sie gab ihm noch immer lachend, eine Ohrfeige.

»Noch eine, Fischele.«

Sie gab ihm noch eine.

»Aber weißt Du, daß das eigentlich gar keine Strafe ist?« rief Tigersohn, »das thut so gut, Dein kleines Patschhändchen. Ich habe Dich nur deshalb so hübsch angezogen, weil ich mir die Strafe versüßen wollte, aber ich sehe, daß es überflüssig war, eine Frau, wie Du, kann thun, was sie will, sie wird dem Manne immer ein Vergnügen bereiten.«

Er begann ihre kleine Hände zu küssen und sie – vergaß die Vorwürfe, die sie ihm machen wollte.

Und so geschah es jedesmal. Wenn der Possenreißer irgend etwas auf dem Gewissen hatte, sagte er zu Fischele: »Ich bitte Dich, gieb mir eine Maulschelle.« Und sie gab ihm lachend einen Streich auf die Backe und ärgerte sich keinen Augenblick, wenn er auch wirklich einen Fehler gemacht hatte.

*

Ja, es war eine gute Ehe und eine lustige Wirthschaft. Der Possenreißer spielte seine Schwänke vor keinem Publikum mit soviel komischem Eifer als vor seiner Frau. Sie bekam alle seine Einfälle und Schnurren aus erster Hand.

Eines Abends hatte sie nichts als Bohnen gekocht, die er nicht so sonderlich liebte. Dagegen trank er gern ein Gläschen Branntwein. Tigersohn setzte sich also an die dampfende Schüssel und bat Fischele, die Branntweinflasche auf den Tisch zu stellen. Dann begann er: »Adolfchen, wenn Du die Bohnen aufißt, bekommst Du ein großes Glas Branntwein.«

Nachdem er einige Zeit tapfer zugegriffen hatte, sagte er wieder: »Adolfchen, wenn Du die Bohnen aufißt, bekommst Du ein kleines Glas Branntwein.«

Nun ging es wieder vorwärts. Endlich, als der Teller vor ihm fast geleert war: »Adolf, wenn Du die Bohnen aufißt, bekommst Du einen Tropfen Branntwein.«

Eine letzte Anstrengung, und der Possenreißer hatte die Bohnen gezwungen.

»So,« sprach er, sich den Bauch streichelnd, jetzt bekommst Du erst recht keinen Branntwein, Spatzenkopf, warum warst Du so dumm und hast die Bohnen gegessen.«

Einmal, am Freitag, hatte Fischele eine Kugel gemacht und zum Bäcker getragen. Die Kugel war klein und bescheiden, und als sie zurückkam, war sie groß und duftete gar köstlich.

»Unsere Kugel ist vertauscht worden,« sagte Tigersohn, als sie sich zu Tisch setzten.

»Was macht mir das?« erwiderte Fischele, »ich habe die Köchin des reichen Moritz Weintraub im Hausthor getroffen, es wird ihn nicht umbringen, wenn er einmal unsere kleine Kugel ißt.«

»Du hast recht,« sagte der Possenreißer, aber mit einem Seufzer. Da klopfte es, und ein Schnorrer trat herein und bat um Speise und Trank. Vergnügt lud ihn Tigersohn ein, sich mit ihm an den Tisch zu setzen und ging in seiner Gastfreundschaft sogar so weit, dem Bettler zuerst die Kugel anzubieten. Als das Mahl zu Ende war und der Schnorrer sich entfernt hatte, sprach Fischele: »Und Du verlangst keine Maulschelle?«

»Wofür?«

»Weil Du dem Schnorrer zuerst die Kugel angeboten.«

»Oh!« rief der Possenreißer, »das habe ich wohl überlegt. Wie der reiche Weintraub unsere kleine Kugel aufgetischt bekommen hat, da hat er gewiß ausgerufen: Ersticken soll der, der zuerst von meiner Kugel ißt. Darum habe ich sie zuerst dem Schnorrer angeboten und nicht Dir.«

Fischele lachte und war zufrieden.

Da ihr Mann jedesmal viel Zeit gebrauchte, um sich an- und auszuziehen, stellte ihm Fischele vor, er möchte doch seine Kleider jedesmal ordentlich der Reihe nach hinlegen.

»Du hast recht,« sagte der Possenreißer, und als er Abends nach Hause kam, nahm er Tinte, Feder und Papier und schrieb, so wie er die Gegenstände der Reihe nach ablegte:

1. Den Hut auf den Tisch;
2. Den Oberrock im Schrank;
3. Den Rock gleichfalls;
4. Die Weste auf dem Stuhl;
5. Das Beinkleid auf dem Nagel an der Thür;
6. Die Stiefel neben dem Bett;
7. Die Socken unter dem Kopfkissen;
8. Das Hemd auf der Bettlehne;
9. Die Halsbinde auf dem Bilde neben dem Bett;
10. Tigersohn liegt im Bett.

Als Fischele am Morgen ihren Mann weckte, rief er: »Nun sollst Du sehen, wie alles am Schnürchen geht.« Hierauf begann er sich anzuziehen und zwar fing er mit Nummer 1 an. Er setzte den Hut auf, zog den Oberrock an, darüber den Rock, die Weste, das Hemd und endlich schrie er: »Aber wo ist Adolf Tigersohn? – hier steht: er liegt im Bett, Du siehst, daß das Bett leer ist. Wo ist Adolf Tigersohn?« Und er suchte sich selbst in der ganzen Stube, während Fischele lachte, daß ihr die Thränen herabliefen.

*

Eines Tages kündigte der Possenreißer an: Morgen ist bei mir ein Pferd zu sehen, das so viel Augen hat, als man Tage im Jahre zählt.

Ganz Lindenberg strömte am folgenden Tage zusammen, um das Wunderthier zu sehen, und jeder bezahlte gern zehn Pfennig Eintritt.

Endlich fühlte der Possenreißer feierlich sein Pferd vor.

»Aber das Thier hat doch nur zwei Augen,« schrie Weintraub, »wie jedes andere Pferd«

»Ich habe gesagt, so viel Augen, als man Tage im Jahr zählt,« erwiderte der Possenreißer würdevoll, »und heute ist der zweite Januar.«

An einem kalten Herbstmorgen ging Tigersohn nach der Stadt. Fischele, um seine Gesundheit besorgt, zwang ihn, seinen schweren Pelz anzuziehen. Doch bald kam die Sonne heraus, es wurde heiß, und der Possenreißer schleppte seinen Pelz keuchend, wie eine Last. Da holte er bei einem Wirthshause den Krämer Nathan Formstecher ein, der gleichfalls nach der Stadt ging.

Nachdem sie eine kurze Strecke gegangen, begann Tigersohn: »Nathan, können Sie mir fünf Thaler borgen?«

»Ich borge nur auf Pfand,« sagte Nathan.

Der Possenreißer, der diese Antwort erwartet hatte, erwiderte: »Natürlich, hier ist mein Pelz, ich verpfände ihn so lange, bis ich die fünf Thaler abbezahlt habe.«

»Abgemacht,« sagte Nathan, zog die fünf Thaler aus der Tasche, gab sie Tigersohn und zog dessen Pelz an.

Nun keuchte Nathan unter der Last, und der Possenreißer schritt leicht und fröhlich neben ihm her, bis zu dem Stadtthor. Hier sagte er; »Hören Sie, Nathan, ich habe mir die Sache überlegt, es könnte kalt werden bis zum Abend. Ich brauche meinen Pelz, geben Sie mir ihn wieder, hier sind die fünf Thaler.«

Nathan nahm das Geld und der Possenreißer seinen Pelz. Er hatte erreicht, was er wollte, der einfältige Nathan hatte ihm den schweren Pelz bis zur Stadt getragen und ihm Mühe und Schweiß erspart.

Ein Landjunker, der seinen Witz auch gern mit jenem des Possenreißers zu messen liebte, stellte sich einmal durch einen Scherz Tigersohns beleidigt und forderte ihn zum Zweikampf.

Tigersohn nahm ruhig an.

»Wir werden uns also schießen,« rief der Landjunker.

»Ja, schießen,« sagte der Possenreißer, »bestimmen Sie nur Ort und Stunde.«

»Also im Grafenwäldchen, morgen um 6 Uhr früh.«

»Sehr gut,« sagte der Possenreißer, »wenn ich aber etwas später kommen sollte, genieren Sie sich gar nicht, fangen Sie nur an.«

Es kam aber auch eine Zeit schwerer Prüfung für den lustigen Philosophen von Lindenberg,

Der alte Rabbiner, der ihm stets begünstigte, starb und der neue war ein Mann der modernen aufgeklärten Schule. Seine erste That war, den Possenreißer, in dem er ein Stück altjüdischen Vorurtheils sah, zu verbannen. Tigersohn war verzweifelt, er sollte nicht mehr den Hochzeiten beiwohnen, nicht mehr beim Purimfeste seinen Geist leuchten lassen, das war nicht zu ertragen,

Fischele weinte und der Possenreißer schwor dem Mann der neuen Schule Rache.

Als wieder einmal eine Hochzeit gefeiert wurde, meldete der Diener während der Mahlzeit, Tigersohn stehe draußen und bitte vorgelassen zu werden, um eine wichtige, religiöse Frage vortragen zu dürfen.

Der Rabbiner wollte anfangs nicht, da aber die Gäste, welche einen drastischen Scherz des Possenreißers erwarteten, für ihn baten, so gab er endlich die Erlaubniß.

Tigersohn kam hierauf feierlich herein, neigte sich tief vor der Tafelrunde und begann:

»Ich wollte den Herrn Rabbiner bitten mich durch seine Weisheit zu erleuchten und mir eine kitzliche Frage zu beantworten.«

Der Rabbiner gab ein Zeichen, fortzufahren.

»Es steht geschrieben,« sprach der Possenreißer, »der Heilige, gelobt sei Er! wird im Paradiese den Auserwählten ein Mahl zubereiten, das Alles übertreffen wird, was die Einbildung eines Sterblichen erringen könnte. Man wird Lendenbraten speisen von dem wilden Ochsen, dem der Herr vierzig Hügel voll saftigen Grases eingeräumt hat um sie wohl zu mästen. Man wird Ragout vom Leviathan haben in einer himmlischen Sauce, ein Gericht, das alles übertrifft, was uns Erde und Wasser an Leckerbissen liefern. Und vieles andere wird den Frommen vorgesetzt werden, nur – kein Geflügel.«

»Vom Geflügel ist bei dem Mahl der Frommen keine Rede.«

»Wie kommt dies? .Es ist eine ernste Frage, deren Beantwortung, ich von dem weisen Rabbiner erwarte.«

Der Rabbiner zuckte mit den Achseln und sprach: »Ich wette, Du hast die Antwort bereit, also laß' sie hören.«

»Werden Sie mir nicht böse sein, Herr Rabbiner,« sprach der Possenreißer scheinheilig, »wenn ich spreche, wie ich denke?«

»Nein, nein!«

»Ich denke,« fuhr der Possenreißer fort, »die Sache verhält sich sehr einfach. Bei allen anderen Thieren ist es leicht zu unterscheiden, ob das Fleisch koscher ist oder nicht, beim Geflügel gibt es jedoch große Schwierigkeiten, verwickelte Fälle, in denen nur ein Rabbiner richtig entscheiden kann. Da aber niemals ein Rabbiner in das Paradies kommt, müßte man das Geflügel in die Hölle schicken und dort würde es ohne Zweifel von den Verdammten aufgefressen werden. Deßhalb, denke ich, hat der Herr in seiner Weisheit das Geflügel vom Mahl der Frommen ausgeschlossen.«

Der Rabbiner begann laut zu lachen und alle mit ihm, dann sprach er zu Tigersohn:

»Ich sehe, Du bist kein gewöhnlicher Possenreißer, man kann sich den Scherz auch in ernsten Momenten gefallen lassen, wenn sich ein edler Kern, ein tiefer Gedanke in demselben verbirgt. Du sollst fortan frei Deines heiteren Amtes walten und Deine Mitbürger belehren und ermahnen, indem Du sie nur zu belustigen scheinst.«

Der Possenreißer verneigte sich tief und dankbar, und sofort rief es von allen Seiten: »Setzen Sie sich zu uns, Tigersohn, und geben Sie uns etwas zum Besten.«

Der Possenreißer leerte ein Glas Wein, das man ihm reichte, auf das Wohl des Rabbiners und begann dann:

> Die Leber ist von einer Gans und nicht von einem
> Fisch.
> Unser Herr Rabbiner schien zu Anfang viel zu kritisch.
> Die Leber ist von einer Gans und nicht von einer Meise,
> Erst in der Folge sieht man es, wie gütig er und weise.

Der Buchbinder von Hort.

Das jüdische Handwerk – Liebe zum Vaterland – Wissensdrang – Der Liebessekretär.

Wenn man von der Höhe hinter Esced in die ungarische Ebene hinausblickt, die sich hier vom Fuße der Matra bis Szolnock und weiter bis zur Theiß ergießt, erblickt man mitten unter Weinbergen und Weizenfeldern eine große grüne Insel. Es ist weder ein Wald, noch ein Park, noch ein großer Obstgarten der uns so freundlich anlacht, sondern das stattliche Dorf Hort, dessen weiße Häuser sich hinter dem üppigen Blattwerk verbergen.

In diesem Dorfe lebte ein jüdischer Buchbinder, Namens Simcha Kalimann, welcher sich durch verschiedene Eigenschaften bemerkbar machte. Er war zugleich ein Orakel und eine lebende Chronik der ganzen Gegend des ganzen Komitates.

In seinen Schicksalen spiegelten sich jene seines Volkes in Ungarn. Er stammte noch aus der Zeit, wo der Jude rechtlos war, er hatte damals manches ertragen müssen, manches erduldet und bewahrte mehr als eine tragikomische Geschichte aus jenen Tagen in dem Schatzkästlein seiner Erinnerungen auf. Dann war die große Bewegung der Geister gekommen, deren Grenzstein das berühmte Buch: »Licht« des Grafen Szechenyi bildet, den man den »größten Ungar« nannte.

Die Revolution von 1848 brachte die neue ungarische Konstitution, das Ende des Feudalstaates. Das Licht drang auch in die finsteren Gassen des Ghetto, und durch die Fenster, die sich sonst nur beim Gewitter geöffnet hatten, den Messias zu empfangen, zog der Erlöser ein, der den fast zweitausend Jahre Verfolgten Freiheit und Gleichheit brachte. Und das arme, furchtsame, jüdische Herz verstand sofort die große Botschaft.

Der ungarische Jude hatte ein Vaterland gefunden, und an demselben Tage fand dieser ängstliche, bespöttelte Mensch auch den Muth, dieses Vaterland zu vertheidigen.

Tausende verließen das Ghetto und schaarten sich um die ungarische Trikolore, unter ihnen auch Simcha Kalimann. Als einfacher Honwed folgte er der Trommel Koszuth's und focht bei Kapolna, bei Waitzen und bei Temesvar. Dem Aufschwung, der Begeisterung, folgte die Niederlage, folgten schwere Jahre des Stillstandes, des Druckes, aber der Jude hatte seine Menschenrechte errungen, und er vergaß nicht, wem er sie verdankte.

Als der Ausgleich Ungarn seinen König und seine Konstitution wiedergab, da gab es nirgends so viele jubelnde, glückliche Herzen, als in Ghetto. Diesmal zog die Freiheit nicht mit Schwerterklang ein, mit ihr kam der Friede, die Versöhnung.

Damals begannen die Juden die ungarische Sprache und ungarische Namen anzunehmen. Da diesmal mit den letzteren nicht jener schlimme Handel getrieben wurde, wie zur Zeit Joseph's II., wo sich die Beamten die Familien-Namen, welche die Juden annehmen mußten, je nach ihrer Schönheit theuer und theurer bezahlen ließen, da diesmal ein schöner Name nicht mehr kostete als ein häßlicher, so nahm Kalimann den schönsten, den er nach seinen Begriffen in der Geschichte fand und nannte sich Huniady Sandor.

Damals war es auch, wo er die Flinte und die Patrontasche ausgrub, die er nach der Kapitulation von Vilagos in seinem Garten verscharrt hatte, und seine Trophäen aus der Honvedzeit stolz über seinem Bett aufhing.

Wo Freiheit ist, herrscht auch der religiöse Friede. Die gegenseitige Achtung und Toleranz aber erzeugt wieder die Aufklärung und zerstört die Vorurtheile.

Huniady oder Kalimann galt in Hort als Freigeist, und doch war er fromm und beobachtete strenge alle religiösen Vorschriften, aber er hatte sich von verschiedenen Gebräuchen losgemacht, die ihm weder in der Lehre begründet, noch mit dem Fortschritt vereinbar erschienen.

Er bedeckte sein Haupt nur im Tempel, er kümmerte sich wenig um die minutiösen Speisegesetze des Talmud, er zog sich an wie alle anderen, er gestattete seiner Frau, das Haar wachsen zu lassen und verbot in seinem Hause strenge jede Art von Aberglauben.

Seine Erscheinung war durchaus nicht die eines Helden. Er war klein, hager, unansehnlich, hatte ein fahles Gesicht voll Sommersprossen, blondes Haar, einen blonden Schnurrbart und zwinkerte stets mit den kleinen grauen Augen. Kalimann war nämlich furchtbar kurzsichtig, und da er seine große Brille nur dann aus dem rothen Futteral hervorzog, wenn er an die Arbeit oder an das Lesen ging, so geschah es ihm zuweilen, daß er auf der Landstraße einen Meilenzeiger für den Obergespan ansah und ehrfurchtsvoll grüßte, oder ohne von ihr Notiz zu nehmen an Frau Barkany, seiner besten Kundin vorüberging, weil er sie in ihrem weißen Kleid für Wäsche ansah, die zum Trocknen vor dem Hause aufgehängt war.

Kalimann arbeitete allein, mit einem kleinen Lehrbuben, Hirsch, den er mehr aus Mitleid zu sich genommen hatte, denn er hielt sich für fähig, allein, ohne jede Hilfe, die gesammte europäische Litteratur einzubinden. Er arbeitete fleißig und gut, er verbrachte meist den ganzen Tag in seiner Werkstätte und, wenn es nöthig war, arbeitete er bis in die Nacht hinein bei einem elenden Talglicht und später bei einer kleinen Petroleumlampe.

Die Arbeit war sein Stolz und die Lektüre sein Glück. Wenn es in dieser einfachen, braven Existenz einen Schatten gab, so kam dieser ausschließlich auf Rechnung der Frau Rachel Kalimann oder Rosa Huniady, wie sie sich jetzt gern nannte. Nicht daß diese stattliche, hübsche Frau, welche durch ihren Körperumfang für das Geschäft ihres Mannes Reklame zu machen schien, irgend welche bösen Eigenschaften an sich gehabt hätte, aber sie hatte absolut kein Verständniß für die geistigen Interessen ihres Gatten, für das, was sie seine Grillen nannte.

Vergebens suchte Kalimann ihr durch Stellen aus der Schrift oder dem Talmud zu imponiren, vergebens zitirte er das Buch Hiob, um den Werth der Weisheit zu erläutern: »Nicht wird geläutertes Gold für sie gegeben, und nicht wird Silber gewogen, als ihr Kaufpreis. Nicht wird sie aufgewogen gegen Ophir's Schätze, gegen kostbaren Onyx und Saphir. Der Weisheit Schmelz ist mehr, als der von Perlen.«

Frau Rosa erwiderte kurz und bündig: »Was kauf' ich mir für Deine Weisheit? kann ich mich von ihr nähren? kann ich sie anziehen? Nein. Folglich ist sie werthlos.«

Der gelehrte Buchbinder seufzte und schwieg, aber manchmal reizte ihn diese Verachtung seiner heiligsten Gefühle doch, und dann gab es einen Wortwechsel und Streit. Das Ende war aber immer eine Kapitulation Kalimann's, denn er liebte seine Frau viel zu sehr, um ihren Zorn lange ertragen zu können. Er suchte in der Regel Rosa zu täuschen, seine Freuden vor ihr zu verbergen.

Einmal entdeckte sie ihn abends im Gänsestall, wohin er sich mit Shakespeares Hamlet geflüchtet und nachdem sie ihm eine kleine Strafpredigt gehalten hatte, zwang sie ihn sofort zu Bett zu gehen.

Kalimann gehorchte, aber nahm den Hamlet mit ins Bett. Doch kaum hatte er ein paar Verse gelesen, so erhob sich Rosa in ihrer ganzen Majestät und blies ihm das Licht aus.

Kalimann war verzweifelt, aber er wagte keinen Widerstand. In stummer Ergebung legte er sein Haupt auf den Kopfpolster und schnarchte bald mit Hirsch um die Wette. Nach einiger Zeit richtete er sich jedoch vorsichtig auf, und nachdem er sich überzeugt hatte, daß seine Frau schlief, nahm er leise sein Buch und seine Brille, schlich hinaus und las draußen auf der morschen Bank vor dem Hause, beim Licht Mondes die Tragödie des Dänenprinzen zu Ende.

Ja, er liebte die Bücher zärtlich, leidenschaftlich, und da er nicht genug Geld hatte um sie zu kaufen, so las er jedes Buch, das ihm anvertraut wurde, ehe er dasselbe einband. Und da nicht er die Bücher wählte, die sich bei ihm in der Werkstatt ein Stelldichein gaben, da der Zufall ihm heute ein Roman, morgen ein medizinisches, übermorgen gar ein theologisches Werk in die Hand spielte, so las er alles durcheinander und entstand in seinem armen Kopf ein unglaublicher Wirrwarr der mannigfachsten Kenntnisse und Anschauungen. Je besser ihm ein Buch gefiel, desto sicherer konnte der Eigentümer sein, es erst nach längerer Zeit und nach wiederholten Mahnungen zurück zu erhalten.

In Bezug auf den Einband hatte Kalimann seine Nuancen. Natürlich gab der Preis, den man ihm festsetzte, den Ausschlag, in Bezug auf das Material, aber Farben und Verzierung wählte er, unbeirrt durch die Wünsche und Forderungen seiner Kunden, stets nach dem Inhalt und Wesen und dem Werth des Buches.

*

Wenn er die gebundenen Bücher ablieferte, brachte er dieselben stets in einem großen, farbigen Taschentuch eingeschlagen und benutzte die Gelegenheit, um sein Urtheil abzugeben.

Manchmal hatte er jedoch Meinungen, die ihm gefährlich schienen, die er nicht auszusprechen wagte, und dann sagte er regelmäßig: So lange man lebt, darf man nicht reden, und wenn man todt ist, kann man nicht reden.

Da war z. B. Frau Zoe Barkany, eine hübsche, reiche Jüdin, welche eigentlich Sarah Lämmel hieß. Von ihr erhielt er Werke der klassischen Litteratur und Romane zum Einbinden. Er nahm für den Deckel blau, grün oder roth und als Zierrath eine goldene Lyra oder ein von einem Pfeil durchbohrtes Herz.

Hier schwelgte er in Aesthetik und wagte manchmal Bemerkungen, welche an ritterliche Galanterie streiften, denn alle Heldinnen der Stücke und Romane, die er verschlang, nahmen für ihn die Gestalt und die Züge der hübschen Frau Barkany an.

Als er sie einmal im Garten traf, im weißen Kleide, die Guitarre im Arm, rief er aus: »Gott soll mich strafen! Die Prinzessin Eboli aus Don Carlos von Schiller!« Ein anderes Mal, wo sie eine Morgenjacke von türkischem Stoff trug, verglich er sie mit der Rebekka aus Walter Scott's Ivanhoe.

Später wußte Frau Barkany schon, was der Buchbinder auf dem Herzen hatte und rief jedesmal lachend: »Nicht wahr? die Esmeralda bin ich, oder bei der Herzogin haben Sie natürlich wieder an mich gedacht.«

Dem Notar band er juristische Werke ein, da entwickelte er jedes Mal seine eigentümliche Rechtsphilosophie, beim Doktor stürzte er sich mit Eifer in eine medizinische, bei dem in Ruhestand versetzten Professor Harberg in eine historische oder geographische Diskussion. Und immer fand er einen originellen, nicht selten spaßhaften Gesichtspunkt. So behauptete er steif und fest, schon Moses habe die Trichinen entdeckt und deshalb den Genuß des Schweinefleisches verboten.

*

Simcha Kalimann übte aber auch eine Art moralisches Richteramt aus. Frau Barkany gab ihm eines Tages Zola's »Nana« in der Budapester deutschen Ausgabe mit Illustrationen. In der Dämmerungsstunde ertappte er Hirsch, der sich im Winkel beim Fenster an den Bildern ergötzte. Er ergriff ihn beim Schopf, schüttelte ihn wie einen jungen Hund und begann dann in dem Buch zu blättern. Erst schüttelte er den Kopf, dann wischte er seine Brille ab, als traue er seinen Augen nicht und endlich klappte er das Buch zu.

Frau Barkany wartete lange Zeit geduldig auf ihre »Nana«, dann sendete sie ihre Köchin Gütel und bat um dieselbe, da aber Kalimann Ausflüchte gebrauchte und wieder ein paar Wochen vergingen, ohne daß Zola's Roman abgeliefert wurde, so erschien eines Tages die schöne Frau selbst in Kalimann's Hause.

»Ich möchte doch endlich meine »Nana« haben«, sagte sie.

»So?« Kalimann fuhr fort zu arbeiten.

»Haben Sie das Buch noch nicht gebunden?«

»Nein.«

»Wann kann ich es also haben?«

»Das Buch bekommen Sie nicht zurück, Frau Barkany.«

»Wie? Sie sind wohl nicht gescheidt!«

»Es ist besorgt und aufgehoben, Der Herr wird seine Diener loben«, antwortete Kalimann mit den Versen aus Schiller's Gang nach dem Eisenhammer, »die »Nana« habe ich einfach in den Ofen gesteckt.«

»Kalimann, das ist wirklich stark!«

»Das ist kein Buch für eine jüdische Frau.«

Frau Barkany war roth geworden, aber sie gab sich noch nicht für besiegt. »Wenn Sie mir das Buch verbrannt haben,« sagte sie, »werden Sie mir Schadenersatz dafür leisten.«

»Sehr gerne,« sagte der Buchbinder, nahm ein Bild von der Wand und gab es ihr. Es war die Scene aus Schiller's Glocke, wo die Mutter von ihren Kindern umgeben im Erker ihres Hauses thront. Unter dem Bilde waren die Verse zu lesen:

> Im Hause waltet
> Die züchtige Hausfrau,
> Die Mutter der Kinder,

Und herrschet weise
Im häuslichen Kreise.

Gelehrte, Dichter, Künstler verehrte der Buchbinder von Hort fanatisch, ob sie Juden, Christen oder Türken waren. Als er das erste Mal bei Frau Bakarny das bekannte Bild sah, das Schiller zu Karlsbad auf einem Esel sitzend darstellt, begann Kalimann zu weinen.

»So ein Mann muß reiten auf einem Esel«, rief er aus, »während so gewöhnliche Menschen, wie der Baron Fay oder der Herr von Mariassy reiten stolz auf Pferden.«

Später erinnerte er sich aber, daß Bileam eine Eselin geritten hatte und kam schließlich zu dem Resultat, daß Schiller auch ein Prophet war.

Vielleicht steckte auch in Kalimann ein Poet, ein Prophet.

Er trieb nämlich neben der Buchbinderei noch ein anderes Handwerk, das unter den Juden im Osten nicht allzu selten ist und auch seinen goldenen Boden hat.

Kalimann war nämlich Liebessecretär.

Das will sagen, er machte ein Geschäft daraus, Leuten, die weder lesen noch schreiben konnten, Liebesbriefe zu verfassen. Hier zeigte er sich als der Anakreon und Petrarca von Hort. Zahlreiche Kunden strömten ihm zu und Kalimann sicherte sich durch seine zärtliche gefühlvolle Feder ein ganz hübsches Nebeneinkommen.

Eines Tages erschien auch Gütel Wolfram, die Köchin der Frau Barkany, bei ihm und bestellte einen Liebesbrief an ihren Freund in Gyöngös.

»Also, mein Schatz, Sie hat auch Amors Pfeil getroffen«, sagte Kaliman schäkernd.

»Gott über die Welt!« rief Gütel, »er heißt doch nicht Amor, sondern Mendel Sucher und mit Pfeilen schießt er auch nicht.

Nachdem die verliebte Köchin dem Buchbinder ihre Gefühle geoffenbart hatte, verlangte sie den Preis zu wissen.

»Das hängt nicht von der Länge des Briefes ab«, erwiderte Kalimann, »sondern von der Qualität.«

1) Ein freundlicher Brief	10	Kreuzer.
2) Ein Brief, der liebenswürdig und ermunternd	15	"
3) Ein zärtlicher Brief	20	"
4) Rührend	30	"
5) Ein recht zum Herzen sprechender	½	Gulden.

»Also für diesmal einen freundlichen«, sprach Gütel und legte 10 Kreuzer auf den Tisch.

»Für Sie«, sagte Kalimann galant, soll er für denselben Preis freundlich, liebenswürdig und ermunternd sein.«

Mendel Sucher bekam den nächsten Tag den Brief, und da er auch nicht lesen konnte, so ging er zu Saul Wehl, der Schreiber bei einem Advokaten in Gyöngös war und dasselbe erotische Metier betrieb.

Wehl las ihm den Brief Kalimann's mit solchem Pathos vor, daß Mendel ganz ergriffen war und sofort einen Zwanziger auf den Tisch legte, damit Saul ihm einen ebenso schönen an Gütel schreiben möge.

Saul erkannte sofort Kalimann's Schrift und sagte: »Ich will dem Buchbinder einmal beweisen, daß man auch in Gyöngös Briefe schreiben kann und die Klassiker liest.« Und er schrieb an Gütel einen Brief, der vollständig gespickt war mit Zitaten aus dem hohen Lied, aus Goethe, Petöfi, Heine und Chateaubriand, daß der armen, kleinen Köchin der Kopf davon ganz wirblich wurde, als Kalimann ihr die Liebesepistel vorlas und daß der Buchbinder selbst sich hinter dem Ohr kratzte und murmelte: »Er ist belesen der Saul, und hat eine kräftige Feder; wer hätte das gedacht!«

In dieser Weise ging der Briefwechsel zwischen Gütel und Mendel, aber eigentlich zwischen Kalimann und Saul fort.

Wenn Kalimann den Mendel »mein holder Freund« oder »mein Täubchen nannte, so prunkte wieder Saul mit Wendungen, wie:

»Ihre Gazellenaugen, Ihre Elfengestalt, Ihre Rosenlippen, Ihre Stimme, die wie Sphärenmusik erklingt.«

Dem liebenswürdigen Brief hatte Kalimann mehrere zärtliche und zwei rührende folgen lassen. Endlich kam der recht zu Herzen sprechende. Gütel hatte sich entschlossen, den halben Gulden zu opfern und brachte Kaliman überdies noch eine gute Flasche Wein. Der Buchbinder schenkte ein, trank, schnalzte mit der Zunge und begann zu schreiben. Plötzlich aber rief er aus: »Wissen Sie, Gütel, das war eine gute Idee mit dem Wein, aber Hafis singt nicht vom Wein allein, auch frische Mädchenlippen haben ihn begeistert.«

Diesmal verstand Gütel sofort: »Da ich schon einen halben Gulden spendirt habe,« sagte sie verschämt, indem sie sich den Mund mit der Schürze abwischte, »und die Flasche Wein, kommt es mir auf einen Kuß auch nicht mehr an«, und sie gab dem glücklichen Buchbinder einen kräftigen Schmatz. Nun flog die Feder über das Papier, und als Kalimann Gütel den Brief vorlas, vergoß sie Thränen.

Mendel war vollständig geknickt, als Saul ihm den zum Herzen sprechenden Brief noch überdies mit tremulirender Stimme vordeklamirte. Er stürzte hinaus, lief geraden Wegs zu Herrn Schönberg, in dessen Fabrik er beschäftigt war und bat um seinen Abschied.

»Was haben Sie denn?« fragte der Fabrikant, »weshalb wollen Sie denn fort? soll ich Ihnen den Gehalt aufbessern?«

»Nein, nein, Herr Schönberg, aber ich halte es nicht mehr in Gyöngös aus, ich muß nach Hort.«

»Nach Hort? Weshalb?«

Stumm reichte ihm Mendel den Brief.

Der Fabrikant las und lächelte. »Ein Teufelskerl, der Kalimann!« murmelte er, »an dem ist ein Romancier verdorben. Aber das wollen wir anders machen, Mendel. Sie bleiben bei mir und heirathen die Gütel. Ich gebe Ihnen eine kleine Wohnung im Fabriksgebäude, und Frau Barkany soll das Mädchen ausstatten.«

Mendel strahlte, am liebsten hätte er den guten Schönberg umarmt. Dieser gab ihm gern Urlaub für einen Tag und der Glückliche eilte nach Hort in die Arme Gütel's. Wirklich entschloß sich Frau

Barkany, ihre Köchin, die vom dreizehnten Jahre treu bei ihr gedient hatte, auszustatten, und zur fröhlichen Zeit der Weinlese wurde in Hort die Hochzeit gefeiert.

Oben an der Tafel, auf dem Ehrenplatz neben dem Rabbiner saß der Buchbinder von Hort. War doch alles sein Werk und es war nicht das erste Paar, das er vereint und das der Rabbiner gesegnet hatte.

Als die Reihe an ihn kam, einen Toast auf das Brautpaar auszubringen, erhob er sich, das Glas mit dem perlenden Wein in der Hand und sprach die Verse Schiller's:

Ehret die Frauen,
sie flechten und weben
Himmlische Rosen
ins irdische Leben.

Galeb Jekarim.

(Der Schwärmer. – Ein jüdischer Pilger. – Die Mauer des Tempels.)

Nie vergeh' ich dein, Jerusalem.
Jehuda Ben Halevy.

Zweierlei Licht kämpfte in der kleinen, düstern Dachkammer gegeneinander, das Licht der Unschlittkerze, die zum Stümpfchen herabgebrannt war, und das Licht des Morgens, das durch den grünen Vorhang hereindrang. Es war hier wie das letzte Aufflackern eines Sterbenden, und dort wie der frische Athem eines Neugeborenen. Eine scheidende Seele und eine zweite, welche erwachte.

Das fahle, unruhige Licht der Kerze spielte auf den vergilbten Blättern des großen Buches, das auf dem Tisch aufgeschlagen war, Während der röthliche Schimmer des jungen Tages die bleiche Stirne des jungen Mannes beschien, der in seinem armseligen Lehnstuhl lag, in tiefes Sinnen versunken.

Seine schlanke Gestalt war in einen fadenscheinigen Kaftan eingewickelt, unter dem kleinen schwarzen Sammtkäppchen quoll schwarzes Haar in wirren Locken hervor und fiel schwermüthig in ein Gesicht, auf dem der Frühling der Jugend niemals aufgeblüht war, ein Gesicht, in das Leiden, Entsagung und Studium ihre scharfen Linien gezeichnet hatten, in dem nur die großen Augen leuchteten, dunkle Augen, die den Himmel suchten, die sich vom Leben abgewendet hatten, in eine andere Welt, in jene Oede, in welcher jede Farbe erlischt, jeder Ton erstirbt, in welcher die Hand in das Leere tastet und nur der Gedanke herrscht, erhaben, einsam, unbeschränkt.

Er war arm und krank, dieser bleiche Galeb Jekarim, welcher die Nacht vor seinen Büchern durchgewacht hatte, und doch war er glücklich. Er hatte keine Mutter, und seine Lippen hatten noch niemals den rothen Mund eines Weibes berührt, aber er hatte eine Geliebte gefunden, schöner als alle Frauen der Erde, und reicher geschmückt als alle Sultaninnen. Nichts war sein eigen, nicht einmal der Talmud, das heilige Buch, die einzige Quelle seiner Freuden, aber wenn er sich in die vergilbten Blätter versenkte, da war es, als ob ihm Fittiche wüchsen, die ihn emportrugen, hoch, immer höher, bis er endlich in einem Meer von Licht schwamm, tief unter sich den Qualm und das Gewimmel der Städte, die engen, dunklen Thäler, die weiten Flächen, die der Pflug durchzieht, die feuchte Wüste des Ozeans mit ihren segelnden Schiffen.

Da vergaß er alles, seine Armuth, seine Einsamkeit, diese brennende Sehnsucht nach Liebe in seinem Herzen, diese Traumgestalten der Freude, die in stillen Nächten um ihn webten, er vergaß die Schmerzen, das schleichende Fieber, das ihn quälte, nur Eines vergaß er nicht.

Wenn die Sonne leise durch den grünen Vorhang drang, und die elende Wand vergoldete, da war es, als schriebe eine unsichtbare Haut mit flammenden Lettern, an diese Wand, die Worte des großen, jüdischen Poeten, den einst Spanien gebar, den Vers Jehuda ben Halevy's: Nie vergeß' ich dein, Jerusalem!

Und wenn der Mond die kleine Stube mit seinem keuschen Licht erfüllte, da schien ein silberner Finger dieselben Worte auf den rauchigen Querbalken hinzuzaubern, und wenn er in der Dämmerung des Abends auf dem Friedhof saß und träumte, da flüsterten Geisterstimmen in den Wipfeln der Zypressen: Nie vergeß' ich dein, Jerusalem!

Ein brennendes, verzehrendes Heimweh hatte sich seiner bemächtigt, ein Heimweh nach dem Lande seiner Väter, das er niemals gesehen, das er nur aus den Schilderungen der heiligen Schrift kannte. Dieses Heimweh war endlich mächtiger als er, als sein Vaterland, als seine Familie, und es bezwang sogar seine Schwäche und seine Armuth.

Er lebte von der Liebe seiner Schwester, die ihm ein kleines Stübchen und Nahrung gegeben hatte, er hatte niemand, der ihm die Mittel zu dieser großen Reise gegeben hätte, aber er hatte sich dennoch, in dieser Nacht entschlossen aufzubrechen, und als der junge Tag die weite Fläche mit seinem goldenen Licht übergoß, setzte er den Hut auf, ergriff seinen Stock und ging ohne Abschied fort, hinaus in die Fremde, in die weite, feindliche Welt, nach dem gelobten Lande, nach Jerusalem!

*

Galeb schlich durch den Garten, trat durch das kleine Pförtchen heraus in das Freie und setzte seinen Weg dann zwischen den schwankenden Aehren auf dem schmalen Fußpfad fort.

Am Rande des Waldes stand eine kleine Hütte, in der Juden wohnten. Die Männer bestellten das Feld, und Midatja, die Tochter des Schalmon, dem das Bauerngut gehörte, weidete die Kühe in den Büschen.

Als sie Galeb erblickte, ließ sie ihre Peitsche knallen und blickte ihn mit ihren schwarzen Augen halb theilnehmend, halb spöttisch an.

»Du hast recht, einmal hinauszugehen,« sprach sie, »Deine Wangen sind so bleich, Du lernst zu viel, Galeb, Du gehst zu Grunde zwischen Deinen Büchern.«

Galeb schüttelte den Kopf, aber er blieb stehen. Er wußte, daß das Mädchen ihm gut war und auch in seinem Herzen regte sich etwas für dieses hübsche, gesunde Geschöpf mit dem verständigen Blick.

»Du verstehst mich nicht, Midatja,« sagte er, »mich treibt eine heilige Pflicht.«

»O! ich weiß, was Dir fehlt,« rief sie, »eine Frau, eine Frau wie ich. Ich wollte Dir schon den Kopf zurecht setzen.«

Galeb lächelte traurig, nickte ihr zu und ging hinein in den Wald. Als er wieder aus dem Dickicht trat, hatte die Sonne das Gewölk durchbrochen und ergoß ihre Strahlen in breiten leuchtenden Garben über die weißen Nebelmassen. Es war ein erhabenes, wahrhaft biblisches Schauspiel und dabei diese Stille in der Natur, diese Feier!

Galeb Jekarim sprach laut zu sich selbst: »Dort ist Gott!« und dann erhob er die Arme und das bleiche Antlitz der Sonne zugewendet, begann er zu beten.

*

Galeb Jekarim wanderte zu Fuß, mit jenem Muthe und jener Ausdauer, welche eine große Idee dem Menschen einflößt. Er folgte der Sonne. Dort, wo sie zu Mittag stand, war das Meer und jenseits des Meeres Jerusalem. Er durchzog Galizien, die Bukowina und betrat die Moldau. Die heißen Strahlen versengten seinen Scheitel, der Regen, der Hagel peitschte seinen Nacken, Blitze zuckten um ihn, Spott und Haß schlug an sein Ohr, aber nichts konnte ihn aufhalten. Er wanderte unermüdlich.

Wenn die Nacht anbrach, bettelte er um Nachtquartier, um etwas Nahrung, dort, wo er an der Pforte die kleine Rolle mit einem Talmudspruch erblickte, und überall fand der arme, jüdische Pilger offene Thüren und offene Herzen.

Nicht selten übernachtete er auch in einem Busch oder in dem Versteck, das ihm die Garben auf dem Felde boten.

In einem kleinen Karpathenthal fiel er in die Hände von Räubern. Er dachte nicht daran, sich zu vertheidigen. Als er sich von den wilden Gesellen umringt sah, sprach er ruhig: »Ich bin ein Pilger, der nach Jerusalem wandert.«

Was war es in diesem bleichen Antlitz, was die Mordgesellen bewegte?

»Nach Jerusalem,« wiederholte der Hauptmann. Alle betrachteten ihn mit einer Neugierde, in die eine Art Ehrfurcht gemischt war. Dann winkte ihm der Hauptmann ihnen zu folgen.

In einer Felsenhöhle, vor der ein großes Feuer loderte, boten ihm diese Ausgestoßenen ein Lager und luden ihn ein, mit ihnen zu essen. Als er am Morgen weiterzog, sagte der Hauptmann: »Bete auch für uns, wenn Du dort bist, es gibt doch nur einen Gott über uns allen.«

Endlich die Donau, das Meer. Da lag die feuchte Wüste vor ihm, mit ihrem Silberschein, ihren wandernden Segeln, ihren Küsten, die sich in der Ferne verloren.

Ein türkischer Kapitän nahm ihn auf sein Schiff. Da er nicht bezahlen konnte, sollte er ihm als Matrose dienen. Doch schon in der zweiten Nacht kam ein Sturm. Das Schiff verlor seine Maste und das Wrack wurde von einem Korsaren aus Tripolis gekapert.

Galeb Jekarim wurde von dem Piraten als gute Prise betrachtet und in einer kleinen Stadt an der Küste von Kleinasien auf den Sklavenmarkt gebracht. Hier kaufte ihn ein reicher Muselmann, der ihn zum Gärtner machte, ihn, der niemals eine andere Blume beachtet, als jene, die aus den Versen der Bibel emporblühen oder zwischen den Legenden des Talmud.

*

Der Garten war eine kleine Wildniß voll Zypressen und Blumen, mit Duft erfüllt und von den blauen Meereswogen bespült. Jedesmal, wenn Galeb Jekarim durch die Orangen- und Zitronenbäume den leuchtenden Spiegel erblickte, auf dem irgend ein Segel schwamm, seufzte er auf: »Nimmer vergeß' ich dein, Jerusalem!« und heiße Thränen überströmten seine eingesunkenen Wangen, wenn die holde Lewana, wenn der Mond an dem blauen Himmel heraufzog und silberne Brücken baute über das Meer hinüber.

Mehr als einmal war Galeb nach Sonnenuntergang einer Frau begegnet, die ganz in einen weißen Burnus und einen weißen Schleier gehüllt, einem Geiste gleich, durch die Laubgänge schritt. Jedesmal blieben ihre dunklen Augen auf dem Sklaven ruhen, der sich vor ihr niederwarf und das Haupt zur Erde neigte.

In einer mondhellen Nacht, als er an dem Ufer des Meeres saß und betete, legte die Türkin ihm plötzlich die kleine, weiße Hand auf die Schulter. »Still!« murmelte sie. »antworte rasch auf meine Fragen. Du bist unglücklich. Hast Du ein Weib, eine Braut in Deinem Lande, die Du liebst?«

Galeb Jekarim schüttelte den Kopf.

»Weshalb weinst Du also?«

»Ich war auf der Pilgerfahrt nach Jerusalem,« gab er zur Antwort, »als mich die Räuber gefangen nahmen, ich fühle, daß mir der Todesengel nahe ist, und ich kann nicht sterben, ehe ich nicht die heilige Erde geküßt habe, ehe ich nicht Gott angerufen habe, dort im Lande der Verheißung.«

Die Türkin sah ihn staunend an, dann schlug sie langsam den Schleier zurück und den goldgestickten Haremspelz auseinander.

»Bin ich nicht schön?« fragte sie.

»Ja, Du bist schön,« erwiderte Galeb.

»Dann schenk' mir Dein Herz, denn ich liebe Dich.«

Sie schlang die mit goldenen Reifen bedeckten Arme um ihn und küßte ihn.

Galeb schauerte zusammen. »Verlange mein Leben,« murmelte er, »aber nicht mein Herz. Es ist dort, wo die Mauer des Tempels gegen Himmel ragt und die Gläubigen an Jehovah mahnt. Ich darf Dich nicht lieben.«

Die Türkin neigte traurig den Kopf, dann richtete sie sich plötzlich auf, verhüllte ihr Antlitz und machte Galeb ein Zeichen, ihr zu folgen. Im Dickicht zeigte sie ihm einen Kahn, in dem ein Ruder lag.

»Wenn Du muthig bist,« sprach sie, »fliehe, rette Dich.«

Galeb kniete vor ihr nieder, preßte die Lippen auf ihren kleinen Fuß, sprang in den Kahn und stieß ab.

Noch lange sah er die Türkin am Ufer stehen und mit ihrem Schleier winken. Dann verschwamm alles in der silbernen Dämmerung des Mondes, das schöne Weib, die Bäume, das Landhaus, und ringsum war nichts als das Meer und der leuchtende Himmel. Ein englisches Schiff hatte den Pilger aufgenommen und in Jaffa an das Land gesetzt.

Von neuem begann die Wanderung auf steinigen Wegen, auf denen die heiße Sonne brütete, durch Kaktusgestrüpp, durch öde, kahle, traurige Felsen, nur selten zeigte sich eine Ortschaft, von Zeit zu Zeit eine Zisterne, an welcher der Pilger seinen Durst löschen konnte.

Das Fieber brannte in seinen Adern, seine Kräfte ließen nach, aber er ging trotzdem vorwärts. Er hatte nicht den Muth, lange zu rasten, er fürchtete einzuschlafen und nicht mehr zu erwachen, aber er hatte den Muth, der Sonnengluth Trotz zu bieten, dem Hunger, dem Durst, der Erschöpfung.

Nachts hörte er Stimmen, die ihm Trost zusprachen, und eine weiße Gestalt schien vor ihm zu schweben, und ihm den Weg zu weisen, ein Engel des Himmels.

Und endlich, am Morgen, die Mauern der heiligen Stadt.

Jerusalem!

Galeb Jetarim warf sich auf sein Antlitz nieder und küßte die geweihte Erde, dann erhob er sich und schritt eilig vorwärts. Er fühlte keine Mattigkeit mehr, keinen Hunger, keinen Durst. Goldene Kuppeln glänzten im Morgenlicht. Auf seinem Wege waren jetzt Obstbäume, ein Wald von Kakteen, rothe, flammende Blüthen und ein frisches Grün, hier eine Flur von Anemonen, Skabiosen, Schwertlilien, dort ein Hain von großen, farbigen Disteln. Ueber ihm leuchtete der reine Himmel und um ihm war diese balsamische Luft, der Duft der Rosen und Trauben von Kanaan.

Jerusalem!

Er blickte nicht rechts, nicht links, er eilte vorwärts.

Noch hundert Schritte!

Da war die heilige Mauer, ein Rest jener hohen, mächtigen Terrassen, auf denen einst der Tempel gestanden hatte.

Am Fuße dieser Mauer sank der Pilger hin.

Er erhob sich noch einmal, um gegen die Steine gelehnt, mit lauter Stimme sein Gebet zu sprechen, das wie ein Jubellied aus voller Seele erklang, und glitt dann noch einmal zur Erde, um nicht wieder aufzustehen.

Vor ihm stand leuchtend der Bote mit den weißen Flügeln, der ihn geleitet hatte, und hoch oben ertönte Gesang...

Galeb lehnte sich zurück an die heilige Mauer, und das letzte Wort, das über seine Lippen kam, wie ein Hauch, ein seliger Seufzer, war: Jerusalem!

Gelobt sei Gott.

(Das Haus des Lebens. – Tod und Begräbniß.)

Das Haus des Lebens, wie die Juden den Friedhof nennen, lag in einem kleinen Thal, das von zwei Hügeln eingeschlossen war. Uralte Bäume füllten den ganzen Raum und breiteten ihre Aeste wie ein grünes Dach über die aufrecht stehenden Leichensteine, über verwitterte Mausoleen und von hohem Gras und wilden Blumen überwucherten Grüfte. Seit der Zerstörung des Tempels begruben die Kinder Israels hier ihre Todten. Das Reich der Römer war gefallen, wie das der Gothen, von der maurischen Herrlichkeit waren nur noch stolze, schwermüthige Ruinen da, die spanische Weltmonarchie, in der die Sonne nicht unterging, hatte dasselbe Schicksal ereilt, aber sie, die Vertriebenen, Heimathlosen, hatten alles überdauert, sogar die Inquisition und die Scheiterhaufen.

Während oben, auf dem Plateau, in der kleinen, spanischen Stadt und unten im Hafen der Lärm und die Unruhe der Arbeit, des Handels herrschten, war hier die Stille und der Frieden.

Alles lag im Schatten und kein Laut drang von außen herein. Nur selten glitt ein warmer Sonnenstrahl durch das düstere Blattwerk und beschien kurze Zeit eine hebräische, halb erloschene Inschrift, nur selten sang ein Vogel hier. Nur die Bienen summten unablässig in dieser von Blumen in allen Farben und von einem schweren Duft erfüllten Wildniß.

In einem Winkel des Friedhofs, von zwei Zypressen beschattet, lag ein kleines Grab und auf diesem Grabe saß ein Greis. Er saß immer hier, zu jeder Jahreszeit, Tag und Nacht. Mit seinem langen, weißen Sterbgewand, seinem weißen Haar, seinem Bart, der wie Schnee über seine Brust niederwallte, glich er selbst einem Denkmal von Stein. Er saß unbeweglich in Gedanken, in Erinnerungen oder in sein Gebet versunken und schien niemand zu sehen, wer auch vorüber kam.

Ihn aber kannte ein Jeder, den Vater Menachem, der hundert Jahre alt geworden war und noch immer rüstig, mit frischem Geist unter einem neuen Geschlecht wandelte, ein Patriarch voll Güte und Würde.

Während der Greis sann und träumte, hatte sich ein Falter unmittelbar vor ihm auf eine Rose gesetzt, und jetzt kam ein großer, schöner Knabe gelaufen um ihn zu fangen.

Menachem erhob das Haupt, sah dem Kinde in das edelgeschnittene Antlitz, das von blondem Haar umrahmt war, und aus dem ihn zwei große, blaue Augen anlächelten und murmelte: Ghiron!

»Nein, Vater Menachem« sagte der Knabe, »ich heiße Schamai und bin der Sohn der Kivr Castillio.«

»Du hast aber die Gestalt, die Züge und den Blick meines Sohnes, den ich verlor, als er zehn Jahre zählte. Es ist lange her. Ein halbes Jahrhundert. Mein Gott, wie rasch die Zeit vergeht und wie langsam.«

»Dies ist sein Grab?« fragte Schamai.

Der Greis nickte, strich ihm die Haare aus der Stirn und lächelte. »Was thust Du hier, mein Kind?« sprach er dann, »dies ist kein Ort für Dich. Du kannst es noch nicht fassen, warum dieser friedliche Platz das Haus des Lebens genannt wird. Bleib' draußen, Schamai, wo die Sonne scheint, wo die Meereswogen singen, wo der Pflug die Erde durchzieht, wo die weißen Segel irdische Schätze herbeiführen; lebe, lebe mein Kind, dann eines Tages, wirst Du hierher kommen, und Du wirst verstehen. Du wirst hier den Frieden finden und das Glück, das Du vergebens gesucht im Strome der Zeiten.

»Vater Menachem«, sagte der Knabe, indem er sich neben dem Greise niederließ und sich sanft an ihn schmiegte, »man sagt, daß Du Haggadoths kennst, erzähle mir ein Märchen.«

»Ein Märchen?« Menachem nickte mit dem Kopfe. »Ja, ein Märchen oder ein Traum, was wäre es sonst?« Er strich mit der Hand über die Stirne und begann:

»Es war einmal ein Mann, nicht besser, nicht gerechter, nicht klüger, als die anderen. Er verehrte Gott und liebte die Menschen. Er suchte die Wahrheit, und fand den Irrthum, er wollte recht handeln und beging Fehler, er unterrichtete sich, er dürstete nach Weisheit und sah endlich, daß ein Mensch ist wie der andere, und daß ein Menschenschicksal dem anderen gleicht. Er nährte Hoffnungen, Wünsche, Träume, die niemals in Erfüllung gingen, er strebte nach

Dingen, die er niemals erreichte. Er begnügte sich zuletzt damit, für sich und die Seinen zu sorgen und lebte dahin, wie alle anderen. Er nahm ein Weib, schön, wie eine junge Rose, er liebte sie. Sie schenkte ihm ihr ganzes Herz, und sie schenkte ihm auch Kinder, die er liebte. Er war nicht reich und nicht arm, er konnte den Seinen geben, was sie brauchten und war zufrieden.

Aber die Jahre zogen dahin und mit ihnen die Menschen, sie fielen wie die Blätter im Herbste und kehrten nicht wieder, andere traten an ihre Stelle und wieder andere, und endlich war der Mann allein.

Er hatte alle begraben, Eltern und Geschwister, Weib und Kinder, Verwandte und Freunde, alle, alle, aber an ihm ging der Todesengel vorüber Jahr für Jahr, und er blieb Jahre und Jahre allein, einsam, verlassen, in einer Welt, die ihm fremd geworden war, unter Menschen, die er nicht verstand, und die ihn nicht verstanden.

Er hatte gelebt, Glück und Unglück, Freud und Schmerz waren an ihm vorüber gegangen, die Welt bot ihm nichts Neues mehr, keine Ueberraschung, keine Freude, nicht einmal einen neuen Schmerz, eine neue Sorge.

Und so begann der Mann, sich nach dem Tode zu sehnen, den alle fürchten, und wenn er zu seinem Gotte betete, rief er aus der Tiefe seiner Seele: »Herr, nimm mich hinweg aus diesem Thal der Schatten und laß mich endlich sehen Dein ewiges Licht.«

Der Knabe schwieg einige Zeit, dann sprach er: »Der Mann bist Du, Vater Menachem.«

»Ja, der Mann bin ich.«

»Und Du willst sterben?«

»Ja, mein Kind, für mich ist der Tod, was für Dich das Leben ist.« Der Greis erhob sich und nahm den Knaben bei der Hand. »Komm. Dir stehen noch die goldenen Pforten des irdischen Paradieses offen, Dir lacht die Jugend entgegen, das Glück, die Schönheit, Ehre und Ruhm, komm.«

Sie schritten zusammen durch die Reihen der Gräber zur Pforte hinaus und dann den Abhang hinauf. Oben, vor dem Thore der Stadt, wies der Greis auf die maurischen Kuppeln, die im Abendlicht glänzten, und auf das blaue, sonnige Meer. Dann geleitete er das Kind bis zu dem kleinen Hause, vor dem seine Mutter, die schöne Kive, stand, ihr jüngstes Kind an der Brust, und nahm mit einem gütigen Lächeln Abschied.

*

Drei Tage später lief der Knabe eilig durch die jüdische Gasse, er kam vom Friedhof. Vater Menachem hatte ihn gesendet, zehn Männer der Chebura Kdischa zu suchen, er fühlte die Stunde nahen, die er so lange mit geduldiger Sehnsucht erwartet hatte.

Langsam erklomm der Greis den Abhang, warf noch einen letzten Blick auf Meer und Land und trat dann durch das düstere Thor in die Stadt. Als er auf der Schwelle seines Hauses Athem holte, kam schon Schamai mit den zehn Männern.

»Was wollt Ihr, Vater Menachem?« fragte der Aelteste unter ihnen erstaunt.

»Sterben«, erwiderte der Greis. Langsam trat er in das Haus, in die große Stube des Erdgeschosses, mit der Hand an die Wand tastend und sank, wie er war, im weißen Sterbegewande, auf sein einfaches Lager.

»Wollt Ihr einen Arzt?«

»Ich will sterben«, erwiderte Menachem. In die Kissen zurückgelehnt, den Blick erhoben, die Hände auf der Brust gefaltet, begann er schwerer und schwerer zu athmen.

Die zehn Männer bildeten einen Halbkreis um ihn, und der Sterbende betete das Schema, das Sterbgebet und sprach die dreizehn Glaubensartikel.

Als er zu Ende war, begannen die zehn Männer einen Psalm zu beten.

Plötzlich richtete sich der Greis auf. Sein Antlitz war verklärt. Er hatte die Hände erhoben und murmelte: »Gelobt sei Gott, der uns den Tod gegeben!« Dann sank er in die Kissen zurück und lag da, ein Lächeln um die Lippen.

Nachdem eine Viertelstunde verstrichen war, hoben die Männer den Todten auf und legten ihn mitten in die Stube auf den Boden.

Die Arme lagen straff zu beiden Seiten, und die geballten Fäuste bildeten ein hebräisches Sch – Schadai.

Nachdem ein Leintuch über die Leiche gebreitet war und das Lämpchen zu Häupten derselben angezündet, wurde das Fenster geöffnet. Die Seele zog in ihre Heimath.

Im Hause war es stille und stille draußen unter dem Abendhimmel, an dem sich die ersten Sterne zeigten.

*

An dem Tage, wo man Menachem begrub, waren alle Läden geschlossen, Niemand blieb zu Hause, alle gaben ihm das Geleite, alle.

Schon lag er im Leichenhemd, im Talar mit den Schaufäden, die weiße Kappe auf dem Kopf, auf dem Brett.

Einer nach dem andern trat heran, berührte die große Zehe des Todten und bat ihn leise um Vergebung.

Dann stimmten die Männer das herzzerreißende »Joschef bessesser« das Geleitgebet an.

Die schluchzenden Frauen hielt man ferne, um die Ruhe des Todten nicht zu stören und langsam trug man die Leiche auf dem Brett hinaus, mit den Füßen voran.

Auf dem Friedhof angelangt, bildeten alle, die dem Todten gefolgt waren, einen Kreis um das Grab, das man ihm neben dem seines Sohnes gegraben hatte.

Die Wenigen, welche entfernt mit ihm verwandt waren, traten vor und sprachen: »Gott hat es gegeben, Gott hat es genommen, der Name Gottes sei gelobt!«

Dann zerrissen sie ihr Gewand an der linken Seite.

Nun trat der Rabbiner an den Todten heran und sprach: »Wir gedenken, Gott, vor Dir, des geschiedenen Menachem Ben Joseph und beten für das Heil seiner Seele. Nimm ihn auf, laß' seine Seele einziehen zur ewigen Ruhe, zur ewigen Freude, zur ewigen Seligkeit, laß' ihn theilhaftig werden der Segnungen, die Du den Frommen und Gerechten verheißen hast, als Lohn für alles irdische Leid, für all' ihre Sorgen, ihr Ringen und Mühen dahier. Der Allerbarmende vergibt. Jo, Menachem, Du bist schon im Lichte und wir sind noch in der Finsterniß. Du bist in der Wahrheit und wir sind noch im Irrthum, Du bist im Frieden und wir im Kampfe und in der Zerstörung.

Gib uns, o Gott, daß auch wir den Kampf zu Ende kämpfen und in Frieden eingehen in Dein Reich.

Gesegnet sei das Andenken des Gerechten. Amen.«

Langsam wurde der Todte in das Grab gesenkt, sitzend das Antlitz gegen Sonnenaufgang.

Dann fielen die Schollen hinab in die Tiefe, und die Menge verließ ernst und schweigend den Friedhof. Ein jeder riß, ehe er heraustrat, eine Handvoll Gras aus, warf es hinter sich ohne umzublicken und sprach: »Gedenke, daß Du Staub bist!«

Zuletzt war Niemand da, als der Todtengräber und der Knabe. Als der Hügel aufgeworfen war, legte Schamai einen großen Strauß aus Blumen, die er auf dem Friedhof gepflückt, auf das Grab. »Schlafe sanft, Vater Menachem!« sprach er.

Dann ging er hinaus in das Licht, wo die Aehren wogten, und die Meereswellen rauschten.

Schalem Alechem.

Der Dalles – Kindesliebe – Passahfest – Der Prophet Elias

Nicht alle Menschen tragen Schuld an ihrem Schicksal. Es gibt brave, fleißige Leute, die alles aufbieten, um dem Unglück, das sie verfolgt, die Spitze zu bieten und dennoch scheitern.

Bei solchen Leuten hat sich der »Dalles« eingenistet, ein böser Geist, das Elend in Person. Je größer das Ungemach, das die Armen zu erdulden haben, je größer die Noth, um so wohler befindet sich der Dalles. Er mästet sich, während alle um ihn abmagern.

Ein solcher Dalles schien auch bei Mutter Jette Goldenblum eingekehrt. Sie war als eine treffliche Frau bekannt in dem elsäßischen Städtchen, und vordem war ihr kleiner Kramladen eine ausgiebige Einnahmsquelle für sie gewesen, aber sie hatte Unglück seit einiger Zeit, und ihr kleines Haus war jetzt vollständig verschuldet. Ihr Vater, Beer Taubes, war zu gut gewesen, er hatte allen seinen Verwandten, seinen Freunden geholfen, aber sein kleines Vermögen auf diese Weise verzettelt, und jetzt dachte Niemand daran, ihm zu helfen und er war froh, einen alten Lehnstuhl bei seiner Tochter zu haben und ein Gedeck an ihrem Tische.

Jette's Sohn, der begabte, arbeitsame Fritz, wurde in gleicher Weise vom Dalles verfolgt. Trat er in ein Geschäft ein, so machte sein Herr bald bankerott, oder die Tochter verliebte sich in ihn und er mußte fort, weil er seiner Braut, der hübschen, verständigen Sarah Meier, nicht die Treue brechen wollte.

Wieder war er einmal zu Hause bei seiner Mutter, ohne Arbeit, ohne Verdienst, und alle zusammen ließen einige Zeit geduldig Armuth, Kummer, Entbehrung über sich ergehen.

Endlich hatte Fritz einen Entschluß gefaßt. German Kugel, der ihn kannte und ihm Vertrauen schenkte, hatte ihm das Reisegeld nach Amerika vorgestreckt, Fritz wollte über den Ocean segeln und drüben sein Glück versuchen.

Alle hörten ihn traurig und seufzend an, aber sie gaben ihm recht, und Mutter Jette traf sofort alle Vorbereitungen.

Fritz saß diesen Abend mit Sarah auf der Bank beim Ofen. Sie sprachen wenig, sie hatten sich bei der Hand und verstanden sich.

»Ich werde auf Dich warten,« sagte endlich die arme Sarah, »und kommst Du nicht zurück, so nehme ich doch keinen Anderen.«

Am nächsten Morgen nahm Fritz Abschied. Der Großvater segnete ihn, Mutter und Braut gaben ihm das Geleite bis zur Eisenbahnstation.

Es währte nicht einen Monat, so kam der erste Brief mit Geld. Fritz hatte in Milwaukee Arbeit gefunden, wurde gut bezahlt, und versprach, jede Woche sein Erspartes zu senden. Und er hielt Wort. Dieser Sohn, der seine Familie, seine Braut verlassen hatte, um jenseits des Meeres für seine Mutter zu arbeiten, er verstand das Gebot Gottes: Ehre Vater und Mutter, damit es Dir wohl ergehe auf Erden.

Und es erging ihm wirklich gut. Fünf Jahre war er schon fort, fünf Jahre erwartete ihn schon Sarah in Geduld, ohne Klage, schon fünf Jahre arbeitete er für die Seinen und jede Woche kam der Brief mit demselben Gelde.

Die Leute im Städtchen wußten es und grüßten Mutter Jette noch achtungsvoller als sonst, aber eigentlich nahmen sie den Hut vor dem Sohne ab, eigentlich galt der Gruß dem braven Fritz in Amerika.

*

Es war Passahfest. Ein dicker Brief war aus Milwaukee gekommen mit vielem, vielem Gelde, und alle waren guter Dinge. Sarah hatte Mutter Jette geholfen das Geschirr zu reinigen, das vorerst über dem Feuer ausgebrannt worden war, und das Haus zu säubern vom Dache bis in den Keller hinab.

Denn das Passahfest feiert die Erinnerung an den Auszug aus Egypten und es heißt in Bezug darauf im Exodus: Ihr werdet sieben Tage ungesäuertes Brod essen und in den ersten Tagen alles Gesäuerte aus Euren Häusern entfernen. Den ersten Monat, den vierzehnten Tag, vom Abend, werdet Ihr ungesäuertes Brod essen bis zum einundzwanzigsten Tage den Abend. Während sieben Tage werdet Ihr nichts Ungesäuertes im Hause haben.

Vordem hatte man das ganze Geschirr erneuert und alles verkauft, was als gesäuert angesehen werden konnte, jetzt wird dieser Verkauf nur zum Schein ausgeführt. Alles wird einem befreundeten Christen übergeben, der es bezahlt und nach Ostern das Geld zurück erhält und den ganzen Kram zurück erstattet.

Auch Mutter Jette hatte diese Comödie aufgeführt, und jetzt war alles in Ordnung, alles glänzte, in dem frischgescheuerten Speisesaal war die Diele mit rothem und gelbem Sand bestreut, blüthenweiße Vorhänge prangten an den Fenstern, am Ende der Tafel stand der »Lahne« (Lehnstuhl) für das Familienhaupt, und der ganze Raum war von dem Duft der Märzveilchen erfüllt, welche Sarah im Wäldchen gepflückt hatte.

Die beiden Frauen hatten nun auch das Matze, das ungesäuerte Brod bereitet und gebacken, und jetzt war Mutter Jette's erster Gedanke, die Geschenke zu versenden und das Almosen zu spenden, die jeder Jude zu dieser Zeit gibt.

Mit einem großen Korbe, der mit Weinflaschen und ungesäuerten Broden gefüllt war, ging Sarah durch den Ort und brachte die Gaben zu dem Rabbiner, dem Kantor, dem Schames, dem Lehrer, zu den armen Talmudisten und zu einigen dürftigen Juden und Christen, denn der wahrhaft fromme Jude kennt für seine Wohlthätigkeit keinerlei Schranken.

Schon nahte der erste Abend des Festes. Großvater Taubes saß vor dem Hause und erwartete den Stern, der den Anbruch des 14. Nissan und den Beginn der Passahwoche verkündigt.

Der Schulklopfer ging durch die Straßen und klopfte an jede jüdische Thüre dreimal, das Zeichen, daß es Zeit sei zum Gebet.

Da entstand eine fröhliche Bewegung, man hörte Rufe und laute Grüße in der Ferne, und jetzt kam ein Mann, den Tornister auf dem Rücken, den Stock in der Hand heran, umringt von der jubelnden Jugend. Er blieb auf der Straße stehen, und zugleich steckten Mutter Jette und Sarah die Köpfe zum Fenster heraus.

»Schalem Alechem!« (Der Friede sei mit Euch!) sprach der Mann, den sie alle für einen Fremden hielten.

»Alechem Schalem!« (Der Friede sei auch mit Dir!) antworteten die anderen, zugleich riefen aber auch schon die Kinder: »Frau Goldenblum, kennen Sie denn Ihren Fritz nicht?«

Ja, es war Fritz, in großen Juchtenstiefeln und mit einem langen Bart, und jetzt hatte die Freude keine Grenzen. Nachdem ihn alle sattsam angesehen und umarmt, gingen sie zur Synagoge, und als der Gottesdienst beendet war, auf dem Wege nach Hause, begann Fritz von seinen Schicksalen zu erzählen.

Der Dalles war wirklich daheim geblieben, Fritz hatte Glück gehabt in Amerika, hatte viel verdient, viel erspart, ein Geschäft begründet und wieder vorteilhaft verkauft und kam zurück mit mehr als dreißigtausend Mark in seinem Tornister.

Sein erster Gang war zu German Kugel gewesen. Ihm das vorgeschossene Reisegeld zurückerstatten, schien ihm die vornehmste Pflicht, dann erst war er zu seiner Mutter, seiner Braut geeilt. Die Sterne waren indeß am Himmel heraufgezogen und ganz Israel ging an die Feier des ersten Passahabends, des Seder.

Großvater Taubes nahm im großen Lehnstuhl am Tische Platz, über dem die siebenarmige Lampe brannte, neben ihm die Mutter und Sarah, ihm gegenüber Fritz. Vor jedem lag auf dem weißen Tischtuch die Haggada, das hebräische Buch der Gebete und Gesänge für diesen Abend.

Beide Männer hatten das Haupt bedeckt. In der Mitte der Tafel lagen drei große Brode, jedes von dem anderen durch ein weißes Tuch getrennt. Um sie herum befanden sich verschiedene Symbole. Eine Marmelade, welche den Thon und Kalk darstellte, mit dem die Israeliten in Egypten gearbeitet hatten, Essig, hartes Ei, Meerrettig zum Andenken an das Elend der Sklaverei, ein mit etwas Fleisch bedeckter Knochen stellte das Osterlamm und der rothe Wein das Blut der hebräischen Kinder dar, in dem sich die Pharaonen badeten.

Der Großvater sprach das Gebet, den Segen, der die Feier eröffnet, dann stand Fritz auf, nahm einen kleinen Krug und goß Wasser über die Hände Beer's und dann standen alle auf und berührten die Schüssel, auf der die drei Brode lagen.

»Dies ist das Brod des Elends«, sprachen alle zugleich, »das unsere Väter in Egypten gegessen haben. Jeder, der Hunger hat, der komme, mit uns zu essen, Jeder, der dürstet, er komme, Ostern mit uns zu feiern.«

In diesem Augenblick klopfte es an die Thüre, und ein Bettler, ein Schnorrer aus Polen, trat herein und nahm, nachdem man sich gegenseitig begrüßt hatte, an dem Tische Platz.

Nun begann Fritz, die Haggada vor sich, in hebräischer Sprache: »Zu welchem Zwecke diese Feier?«

»Wir waren Sklaven in Egypten«, erwiderte der Greis, »und der Ewige, unser Gott, hat uns befreit mit seiner mächtigen Hand.«

Nachdem man noch die Leiden der Sklaverei und des Auszugs aus Egypten vorgelesen hatte, kostete jeder von den symbolischen Speisen, der Greis füllte indeß einen großen Becher, der vor ihm stand und der für den Propheten Elias, den heiligen Beschützer des jüdischen Volkes, bestimmt war.

Das Mahl begann. Fritz erzählte von dem fernen Amerika und der polnische Schnorrer gab einige Anekdoten zum Besten. Dann theilte Beer das Brod als Symbol des Durchgangs durch das rothe Meer, gab jedem ein Stück davon und schloß das Mahl mit dem Tischgebet.

»Fritz«, sagte er endlich, »öffne die Thüre.

Fritz stand auf, öffnete weit die Thüre und trat bei Seite. Während Alle ein feierliches Schweigen beobachteten, trat unsichtbar der Prophet Elias herein. Nachdem Fritz wieder die Thüre geschlossen und der Heilige den für ihn bestimmten Becher mit den Lippen berührt hatte, stimmten Alle zusammen den 115. Psalm an. Andere Gesänge folgten. Es war spät, als man zur Ruhe ging und zwar ohne das Nachtgebet zu sprechen. Denn in dieser Nacht wacht Gott selbst über jedem jüdischen Hause, wie einst in Egypten.

*

Am folgenden Tage nach dem Essen, während noch alle bei Tisch saßen, kam fast die ganze Gemeinde zum Besuch in das Haus der Frau Goldenblum. Da war der Rabbiner, der gerne etwas Neues aus Amerika hören wollte, der Lehrer, der Schames, der Kantor, die

Nachbarn und Nachbarinnen, alle, und ein Lärm war in dem kleinen Speisesaale, daß man kaum sein eigen Wort verstehen konnte.

Nur wenn Fritz auf verschiedene Fragen antwortend zu erzählen begann, trat sofort tiefe Stille ein, und der gemüthliche Kreis lauschte mit naiver Neugier, bis es Zeit war, zur Minha, zum Nachmittagsgebet.

Am ersten Tage der Halhamad (Halbfesttage) ging Fritz mit Sarah hinaus in die Felder. Allerorten sah man die grünenden Wintersaaten zwischen den frisch gepflügten, schwarzen Aeckern, an jedem Rain sprossten Blumen, die Bäume knospeten und über diesem kleinen Paradiese lachte der blaue Himmel und leuchtete die Sonne warm und fröhlich.

Die jungen Leute hielten sich an der Hand und sprachen kein Wort, sie konnten nicht, ihre Herzen waren so voll von Glück und von Dankbarkeit gegen den Schöpfer des Himmels und der Erde.

Aber endlich fand Fritz doch Worte. »Sarah, wir werden uns jetzt niederlassen und Hochzeit feiern, sag' mir, mein Leben, mein Kleinod, willst Du lieber Land haben und Vieh und Geflügel oder ein Geschäft?«

»Wie Du willst, Fritz«, erwiderte sie lächelnd, »was Dir recht ist, ist mir auch recht, denn Dein Schmerz ist mein Schmerz und Deine Freude meine Freude.

»Dann will ich den Hof des Francois Schneegans kaufen«, sagte Fritz, »ich kann ihn haben. Es ist der Mutter wegen, es wird ihr das Leben verlängern.«

»Du guter Fritz!« rief Sarah, »ja, thu' es, es wird uns Segen bringen. Ehre Vater und Mutter, damit es Dir wohl ergehe auf Erden.«

Haman und Esther.

(Schuschan-Purim. – Hamanspiel.)

Es war zur Zeit des Schuschan-Purim, die ganze Stadt Sandomir war in heiterer Aufregung und ein jeder nach Kräften bemüht, die Nacht in hellen Tag zu wandeln. Alle Fenster waren erleuchtet, hie und da die Häuser mit farbigen Lämpchen und Ballons geschmückt, an den Fenstern saßen schöne jüdische Frauen und Mädchen in üppige Pelzjacken geschmiegt und lachten und aßen Backwerk, und die Straßen durchzogen fröhliche Menschen in langen Kaftanen und die Maskerade war in vollem Zug. Hier kam ein Trupp jüdischer Jünglinge, die als kleinrussische Bauern gekleidet waren und vor jedem Hause Halt machten und kleinrussische Volkslieder sangen, wobei sie sich mit Geigen, Baßgeigen und Flöten begleiteten. Andere kamen als Bären und schreckten die Mädchen, die in den Thüren standen. Wieder andere führten das Ahasverusspiel auf. Da war Esther, die, in Seide, Sammt und Hermelin gekleidet, eine Krone von Goldpapier auf dem Kopfe, von vier Sklaven getragen wurde, König Ahasverus mit seinem rothen Mantel, Monderisch (Mardochai) mit seinem großen Turban, und endlich Haman, die Hauptperson, der mit einem schäbigen Kastorhut auf dem Kopfe, in weiße zusammengenähte Leintücher gehüllt, auf Stelzen einherging, wie ein Riese die Menge überragte und seine große Nase mit den drei gigantischen Karfunkelwarzen bald hier, bald dort an einem Fenster des ersten Stockes der kleinen Häuser erscheinen ließ, so daß die Schönen erschreckt zurückfuhren und das Necken und Lachen kein Ende nahm.

Haman war natürlich Lacktef Wilna. Wer hätte auch in Sandomir gewagt, den Haman darzustellen, als Laktef Wilna, der hübscheste, kräftigste, keckste und lustigste, jüdische Bursche der ganzen Kreisstadt, der es wahrlich an Juden in keiner Weise fehlte. Wo der echt türkische Lärm der großen Trommel, der Blechdeckel und einer heiseren Trompete das Herannahen der Personen des Ahasverusspieles ankündigte, wurden, trotz der grimmigen Kälte die Fenster ganz oder doch ein wenig geöffnet und rosige Mädchengesichter und dunkle Frauenaugen blickten in die Straße und schnell war

Laktef Wilna zur Stelle und spielte den Neugierigen irgend einen Possen.

Der Madame Pflaumenbaum, die nur einen Augenblick das Guckfenster handbreit öffnete, warf er einen alten Pantoffel hinein, der schönen Frau Zuckerspitz, die in ihrer mit Zobel ausgeschlagenen und gefütterten Kazabaika im Fenster lag, denn sie wollte gesehen werden, überreichte er einen großen vergoldeten Husaren aus Lebkuchen und machte sie erröthen und blitzschnell verschwinden. Der etwas allzuschlanken Tochter Grünwald schwor er, daß er einen sehr passenden Mann für sie gefunden habe und gab ihr einen Hering. Bei Jonathan Schmeikes, dem Kaufmann, wo ein halbes Dutzend junger Mädchen versammelt war, ließ er eine Maus in das Zimmer und ergötzte sich an der wilden Jagd, die nun folgte, an dem Zetergeschrei, mit dem das Alles, was lange Röcke trug, auf Stühle und Tische sprang, bis der kleine Störenfried glücklich in ein Mauerloch geschlüpft war. Auf diese Weise kam Laktef Wilna auch zu einem ganz kleinem Hause in der langen Gasse, dessen Mauern sich wie die Blätter eines Kartenhauses nach innen neigten, und in dem, hinter mit Papier zusammengeklebten, zerbrochenen Scheiben und morschen Thüren, in zwei Stockwerken und zwölf Zimmern bei dreißig dürftige, jüdische Familien wohnten. Er blickte durch ein Fenster, dessen Scheibe ein großes Loch hatte, das nicht mehr durch bunte Papierstreifen unschädlich gemacht werden konnte und daher mit verschiedenen alten Strümpfen verstopft war, und sah in einem Stübchen, nicht größer als ein Hühnerstall, ein Mädchen in einem schlechten, geflickten Kattunkleidchen sitzen und bitterlich weinen. Das verdarb Laktef Wilna den ganzen Schuschan-Purim, denn er hatte wie alle leichtsinnigen Menschen, das beste Herz und konnte vor allem keine Thränen sehen. Er verhielt sich also vollkommen stille, legte seine Riesennase an die Scheibe und horchte. In dem Stübchen brannte in einem ausgehöhlten Erdapfel ein Stümpfchen Talglicht und saß in einem alten Lehnstuhl, dem ein Bein fehlte, ein Mann in einem zerrissenen Kaftan, die Jarmurka auf dem ergrauten Kopfe, die Hände gefalten und starrte in das Leere.

Es war der blinde Flickschneider Tobia Fischthran und das Mädchen seine Tochter Esther. Laktef Wilna kannte sie jetzt.

»Weine nicht,« sprach Tobia milde, »vom Weinen verliert man das Augenlicht. Was soll werden, wenn auch Du nicht mehr kannst arbeiten, Esterka?«

»Was hilft es, zu arbeiten, Tate,« erwiderte das Mädchen seufzend, »wenn man verlassen von Gott?«

»Kein Mensch ist von Gott verlassen«, versetzte Tobia, »keiner, nur geprüft wird man von Gott, nicht verlassen.«

»Wir werden aber mehr geprüft als alle Anderen zusammen,« gab Esther zur Antwort, »und doch haben wir nicht mehr gesündigt als sie. Bin ich nicht fleißig vom Anbruch des Tages bis tief in die Nacht hinein, Tate, und kann nicht einmal meinem blinden Vater das Stübchen heizen und Kuchen backen, die doch der Aermste hat zum Schuschan-Purim.«

»Was brauchen wir Kuchen, wir hören doch die Musik und hören die Leute lachen,« sagte Vater Fischthran.

»Mir thut es von Herzen weh, wenn sie lachen,« murmelte das arme Mädchen und begann wieder zu weinen, aber ganz leise, damit es ihr alter Vater nicht hören sollte, denn sehen konnte er es ja nicht, wie sie die kleinen, mageren Hände vor die Augen preßte, aber Haman sah es, Laktef Wilna sah es und eilte auf seinen Stelzen rasch davon. Er war der Sohn wohlhabender Eltern, er hätte können Geld in Esther's Fenster werfen und der Armen wäre geholfen gewesen, aber das hätte ihm keine Freude gemacht, er war nur dann zufrieden, wenn er den Leuten irgend einen Schabernack anthun konnte, und so war er auch jetzt entschlossen, hier den Armen einen liebenswürdigen und anderswo den Reichen einen ärgerlichen Possen zu spielen. Er ging zuerst zu dem Hause des Holzhändlers Jaintef Jeiteles, lehnte sich an die Hofmauer und begann von dem jenseits hoch aufgeschichteten Holze ein Scheit nach dem anderen herüber zu ziehen und dem untenstehenden Monderisch, seinem Freunde Teitel Silberbach, zuzuwerfen. Dann kehrten sie rasch zu dem Hause, wo Esther wohnte, zurück, Laktef stieg Don seinen Stelzen herab, und Beide schlichen bis zu Fischthran's Thüre und schichteten das Holz vor derselben auf. Als dies geglückt war, eilte Haman rasch durch die Straßen und blickte in alle Fenster, und richtig, bei Jonathan Schmeikes, dem Kaufmann, hatten sie auf das Küchenfenster zwei große Schüsseln mit dampfendem Kuchen gestellt und die Köchin war eben beim Heerde beschäftigt und kehrte ihm den Rücken. Schnell hatte sich Haman der Kuchen bemächtigt und wie mit Siebenmeilenstiefeln ging es wieder zurück zu der kleinen Esther. Jetzt schlich Monderisch mit seinem großen Turban hinauf, klopfte dreimal laut an die Thür und entfloh. In dem Augenblick, da Esther aufstand und öffnete, zog Laktef Wilna eilig die Strümpfe heraus, warf die Kuchen durch das Loch in der Scheibe hinein, verstopfte dasselbe wieder und versteckte sich dann hinter der Dachrinne.

Als Esther die Thüre öffnete, rief sie: »Tate, wir haben Holz, Wer hat uns das gebracht?«

»Holz?« sprach Tobia staunend, »wer sollte uns Holz bringen?«

»Es hat doch dreimal geklopft,« fuhr Esther fort, »und als ich öffne, liegt das Holz da, und was für ein prächtiges Holz! Darf ich das nehmen?«

»Frage nicht lange mein Kind.«

»Aber es ist wie ein Zauber!« Sie schichtete das Holz hinter dem Ofen auf, zerhackte einen der großen Scheite, machte Spähne, und bald prasselte im Ofen ein herrliches Feuer und die kleine Stube erwärmte sich behaglich. Esther trocknete ihre Thränen. »Und hier! was soll das bedeuten, Tate,« schrie sie auf, »das ganze Fenster voll Kuchen!«

»Kuchen?« wiederholte der Blinde ungläubig, vor Freude bebend.

Esther reichte ihm einen und Beide begannen zu essen.

»Noch ganz warm,« sprach sie, »aber das ist ja alles wie ein Wunder.«

»Siehst Du, Esterka, Gott hat uns nicht verlassen,« sprach der Blinde, »das ist der Prophet Elias, der hat gesehen Deine Thränen und ist gekommen uns zu beschenken zum Schuschan-Purim.«

»Ja, Tate, niemand als der Prophet Elias.«

Beide begannen zu beten.

»Wenn er aber da ist bei uns und sieht unsere Noth,« begann wieder Esterka, »warum bringt er mir nicht auch warme Kleider und Schuhe, zu kleiden meinen blinden Vater?«

»Was brauche ich warme Kleider«, rief Tobia lächelnd, »hab' ich doch jetzt ein warmes Stübchen, aber Du, mein Kind, Du thust laufen eppes zu die Leute durch Frost und Schnee in Deinen zerrissenen Schuhen und Deinem dünnen Kleidchen.«

»Verlange nicht zu viel, Tate,« beschwichtigte ihn Esther, »hab' ich doch auch ein warmes Tuch.«

»Wenn der Prophet Elias will,« entgegnete der Blinde ärgerlich, so kann er Dich kleiden wie eine Prinzessin, er kann Dich kleiden in Zobelpelz, wenn er nur will.«

»Aber Tate –«

»Und ja, wenn man schon bittet, soll man ordentlich bitten, und so bitte ich ihn um einen Zobelpelz für Dich.«

»Tate, er wird böse werden, und es wird verschwinden das Holz.«

»So soll es nicht Zobel sein, aber Du sollst haben einen Pelz.«

»Wozu? bedenke doch.«

»So soll es nur eine Jacke sein, gefüttert mit Pelz, daß Du nicht mehr frierst.«

*

Laktef Wilna hörte alles und lachte heimlich in sein gutes, mitleidiges Herz hinein, und wieder eilten die Stelzen hin und her, und Haman's große Nase blickte in alle Fenster und sein Arm langte hinein, wo es nur anging und bemächtigte sich der Sachen, die der Prophet Elias nöthig hatte. Vor dem Laden des Trödlers Winkelfeld hingen ein paar rothe Hausstiefel, die er von einem Edelmann erhandelt, Haman nahm sie, ohne viel zu fragen, mit. Bei dem reichen Sprintze Veigelstock entlehnte er einen schwarzen Atlaskaftan, bei den Töchtern des Freudenthal ein Paar neue Schuhe und ein Kleid. Aber die Pelzjacke? Richtig, bei Frau Zuckerspitz waren die maskirten jungen Leute eingedrungen und sie tranken jetzt Tschaj und tanzten, und die schöne, kokette Frau hatte ihre mit Zobelpelz ausgeschlagene und gefütterte Kazabaika abgeworfen und da das Fenster nur angelehnt war, öffnete es Laktef Wilna leise und nahm die Kazabaika vom Stuhl.

Mehrere Minuten später klopfte es an Esthers Fenster.

»Das ist er,« flüsterte Tobia, »thu' ihm auf.« Esther öffnete das Fenster und lief dann hinter den Ofen und schloß die Augen. Als sie dieselben wieder öffnete, lagen der Kaftan da und die Kazabaika, das Kleid und die Schuhe und Stiefel. »Tate!« rief sie, »er hat uns gebracht alles, was wir haben erbeten.« Sie schloß das Fenster und zog dem blinden Vater die warmen Stiefel an und den seidenen Kaftan und zog selbst die Schuhe an und das Kleid und schlüpfte in die prächtige Kazabaika der Frau Zuckerspitz.

»Was für ein Glück!« rief der Blinde, »gewiß stehst Du jetzt da, Esterka, wie eine Prinzessin. Komm' doch zu mir.« Und da er sie nicht sehen konnte, so strich er mit der zitternden Hand, sie zitterte jetzt vor Freuden, über den Sammt der Kazabaika und das schwellende Pelzwerk. »Das ist Zobel, mein Kind,« sprach er fast erschreckt, »der gute Prophet Elias hat mich gehört und hat Dir gebracht zum Schuschan-Purim eine Jacke mit Zobelpelz. Siehst Du, wie Gott uns liebt? Und da der Prophet Elias uns hat geschenkt so viel, soll er auch bringen meinem Kinde einen braven, schönen und jungen Mann.«

Esther hielt ihm den Mund zu. »Sei ruhig, Tate, sonst verschwindet noch alles, so wunderlich, wie es gekommen ist.«

Laktef Wilna aber blickte durch das Fenster in das Stübchen, und als er Esther so stehen sah in dem hübschen Kleide und der prächtigen Pelzjacke, da dachte er: was' für ein schönes Mädchen, und so brav und klug, und so reinen Herzens, warum soll sie nicht finden einen Mann? Sie aber lächelte und sprach! »Tate, wer sollte mich nehmen, die keinen Groschen hat?«

»Weißt Du was?« flüsterte Tobia, »Du sollst versuchen Dein Glück, Esterka, und am Schuschan-Purim legen eine Schlinge.«

»Warum nicht?« rief Esther lachend, »ich will gehen auf die Straße, und will legen einem Manne eine Schlinge, aber wenn ein Alter schreitet über die Schlinge und fängt sich, oder Einer, der einen Buckel hat?« Sie lachte, und lachend riß sie sich drei ihrer glänzenden Haare aus und knüpfte sie zu einer Schlinge, während ihre rothen Lippen kabbalistische Worte murmelten und Laktef Wilna sah sie die Schlinge knüpfen und lachte und dachte: »Warte nur, Du sollst den losesten Vogel der ganzen Khille fangen in Deiner Schlinge.«

Und als Esther vorsichtig aus dem Hause trat, war Haman von seinen Stelzen herabgestiegen, hatte Hut und Gewand und Nase seinem Freunde übergeben, und in dem Augenblicke, wo sie die Schlinge gelegt hatte und sich scheu in das Hausthor zurückzog, kam Laktef Wilna daher, schritt über die Schlinge hinweg und war gefangen und Esther mit ihm, denn er erhaschte sie im Hausthor, schlang die kräftigen Arme um die schlanke, bebende Gestalt und küßte sie auf die rothen Lippen. Sie aber machte sich los und floh die Treppe hinauf.

*

Am nächsten Morgen beklagte Frau Zuckerspitz ihre Kazabaika und Veigelstock seinen Kaftan und der Trödler seine Stiefel, und Laktef Wilna erschien und klärte alles auf. »Ich habe genommen ihre Kazabaika und habe sie gegeben einem armen Mädchen,« sprach er zu der schönen Kokette, »und sie glaubt, daß der Prophet Elias sie hat beschenkt, aber Sie sollen die Kazabaika wieder haben.« »Nein, nein,« rief die Schöne, »sie war so nicht mehr ganz neu. Sie haben gethan ein gutes Werk für mich, und mein Mann soll mir kaufen eine neue.« Und genau so erging es ihm bei den Anderen, denn einen Armen beschenken ist für einen gläubigen Juden stets nur eine Freude.

An demselben Vormittag erschien aber der alte Wilna bei Tobia Fischthran und hielt bei ihm, für seinen Sohn, um die schöne Esther an.

Bär und Wolf.

(Rosch haschonnah. – Jom Kipur.)

Herta Bär und Selma Wolf galten als die hübschesten Frauen in Basel, nicht allein unter den Jüdinnen. Man sah sie immer beisammen, und es gab Leute, welche behaupteten, daß Beide sehr gut wußten, daß sie sich gegenseitig als Folie dienten.

Herta war blendend weiß, üppig, blond, und Selma hatte jenen warmen Teint, der an den Orient mahnte, die schlanken Glieder der Braut des hohen Liedes und schwarze Haare, die in das Blaue schimmerten.

Ihre Männer, der Weinhändler Wolf und der Kaufmann Bär waren gleichfalls Freunde.

Da kam ein jugendlicher Dichter auf den unglücklichen Einfall, Selma in einem kleinen Journal zu besingen und fortan war die Rivalität unter den beiden Frauen geweckt. Sie kämpften um die Palme auf Kosten ihrer Männer, sie überboten sich in Bezug auf Toiletten und Schmuck, in Bezug auf die Einrichtung ihrer Wohnungen, jede wollte die andere durch die Kunst der Küche in Schatten stellen und jede pries die Intelligenz, die Talente, die Schönheit ihrer Kinder auf Kosten jener der Anderen.

So entstand aus Neigung Widerwillen, und endlich sogar Haß.

Herta, welche gleich jeder jüdischen Frau für Litteratur und Kunst schwärmte, wurde zu unrechter Zeit von einer etwas übertriebenen Begeisterung für einen Schauspieler erfaßt, den sie als Faust, Egmont, Karl Moor, Marquis Posa und Tempelherr in Lessing's Nathan bewundert hatte, und eines Abends, als er den Romeo spielte, warf sie ihm einen Kranz auf die Bühne.

Selma machte sich über sie lustig und gab ihr den Spitznamen Julia, den die bösen Zungen von Basel bereitwillig annahmen und verbreiteten. Herta vergoß zahllose Thränen und Bär brach alle Beziehungen mit Wolf ab.

Einige Zeit wich man sich gegenseitig aus, dann begann die scheinbare Gleichgültigkeit in Feindseligkeit auszuarten.

Bär erzählte in seinen Kreisen, daß Wolf seinen Wein verfälsche, daß er seinen Kunden ein langsam, aber sicher wirkendes Gift gebe, und Wolf blieb die Antwort nicht schuldig. Er verbreitete seinerseits, daß Bär geknetetes Brod als Kaffee verkaufe und Nußbaumblätter als chinesischen Tee, daß er gestoßene Ziegel unter den Zimmt mische und Kreide unter das Mehl.

Man glaubte Beiden, und Beide litten unter der gehässigen Verleumdung, welche immer weiter um sich griff, und die Reihen ihrer Kunden mehr und mehr lichtete.

*

In diesem gegenseitigen Hasse war fast ein Jahr vergangen und wieder nahte Rosch haschonnah, das jüdische Neujahr.

An einem trüben Herbsttage fanden sich die jüdischen Männer bei Tagesanbruch im Tempel zusammen und beteten hier bis zehn Uhr morgens. Jetzt erschien der Rabbiner Goldschmidt, öffnete die Lade, nahm die Thora heraus, bestieg die Estrade, rollte das geheiligte Pergament auf, und der Sänger begann in hebräischer Sprache die Geschichte Abrahams und das Opfer Isaak's vorzutragen.

In einer bilderreichen Predigt erinnerte der Rabbiner daran, daß an diesem Tage das erwählte Volk einen Bund mit Gott geschlossen habe und rief dann den frommen Nathan auf, um den Sophar, das Widderhorn, zu blasen.

Nathan bestieg langsam die Estrade. Nachdem er und der Rabbiner ihr Haupt mit dem Thaleth verhüllt hatten und das Gebet gesprochen war, senkten alle den Blick zur Erde, denn Niemand darf es sehen, wenn das heilige Horn geblasen wird.

Mit einer wahrhaft erhabenen Bewegung setzte Nathan dasselbe an den Mund und jedesmal, auf die rituelle Aufforderung des Rabbiners ließ er dasselbe laut ertönen.

Nachdem der letzte schauerliche Ton, an die Posaune des jüngsten Gerichts mahnend verklungen war, wurde die Thora in die Lade zurückgebracht, und der Sänger erhob von Neuem seine Stimme. Die Versammlung warf sich zur Erde nieder, die Barmherzigkeit Gottes zu erstehen.

Die Kaduscha schloß die erhebende Feier, das dreimalige Hasannah!

Als Bär aus der Synagoge trat, erwartete ihn der Schames und bat ihn, zu dem Rabbiner zu kommen.

Dieser empfing ihn wohlwollend, fragte nach dem Befinden seiner Frau und Kinder und sagte endlich: »Sie wissen, mein lieber Bär, daß wir in zehn Tagen den Versöhnungstag feiern.«

Bär nickte.

»Haben Sie bereits daran gedacht, diese kindische Feindschaft mit Wolf zu beenden?« »Ich kann nicht den ersten Schritt thun«, sagte Bär, »Selma Wolf hat meine Frau beleidigt.«

»Und Sie haben zuerst Wolf verleumdet.«

Bär schwieg und betrachtete verlegen seine glänzenden Stiefel.

»Sie wissen«, fuhr der Rabbiner fort, »daß Gott am Jom Kipur nur jene Sünden vergibt, welche wir gegen ihn, nicht aber jene, die wir gegeneinander begangen haben. Sie müssen am Col Nidre zu Wolf gehen und ihn um Vergebung bitten, und Selma Wolf wird zu Ihrer Frau kommen.

*

Die neun Tage der Einkehr und Buße, die dem Jom Kipur vorangehen, hatten Bär mürbe gemacht.

Als die Männer um zwei Uhr im Tempel erschienen, um das Gebet zu sprechen, war er bereits entschlossen, zu seinem Feinde zu gehen. Vorher that er noch reumüthig Buße. Vor dem Tempeldiener niedergekauert, empfing er noch die traditionellen neunundreißig Streiche mit der Geißel auf den Rücken und kehrte dann still und ernst nach Hause zurück.

Nach dem Abendessen segnete er die Seinen, zog sich an und ging wieder zur Synagoge. Es war schon dunkel in den Straßen und überall sah man durch den Herbstnebel gespensterhafte Gestalten schreiten, ernste Männer mit gesenktem Haupt, mit dem weißen, silbergeränderten Sterbegewand und der weißen Kappe angethan. Wenn zwei sich begegneten, baten sie sich gegenseitig um Vergebung. Die Schritte Bär's wurden langsamer, dort an der Ecke glänzte das Weinfaß Noah's, dort war das Haus seines Feindes.

Noch einmal hielt Bär inne, dann aber beschleunigte er seine Schritte umsomehr und trat in das Haus.

Wolf kam eben die Treppe hinab.

»Ich bin gekommen!! ....« begann Bär, er konnte nicht weiter, Thränen erstickten seine Stimme.

»Ich bitte Dich um Vergebung«, rief Wolf, »ich bin der Schuldige – meine Frau ....«

»Nein, ich habe Dir Unrecht gethan«, sagte Bär und schon lag Wolf in seinen Armen.

Als die beiden Freunde Hand in Hand in den Tempel traten, lief ein beifälliges Murmeln durch die Versammlung.

Der große Tag begann, wo Israel zerknirscht vor seinem Gott im Staube liegt und zu dem Allerbarmer steht, wo keine Speise, nicht einmal ein Tropfen Wasser über die Lippe des frommen Juden kommt, wo Handel und Arbeit ruhen, und ein Jeder nur seiner Sünden gedenkt und der Stunde, wo er vor dem Throne des Ewigen erscheinen wird.

*

Während die Männer noch büßten und beteten, kehrten die Frauen langsam aus dem Tempel nach Hause zurück.

Herta Bär brachte ihre Kinder zu Bett und setzte sich dann in eine kleine Stube, die neben ihrem Schlafzimmer lag und in der sie zu arbeiten und zu lesen pflegte. Heute weihte sie die Abendstunden der Betrachtung und der Andacht.

Der kleine Raum war nur durch das Feuer, das in dem großen grünen Kachelofen loderte, erhellt. Herta's Augen hafteten an dem rothen Wiederschein, der um die exotischen Pflanzen der Tapete an der Wand gauckelte, und ihre Lippen bewegte ein leises Murmeln. Da klopfte es furchtsam an die Thüre.

Wer konnte es sein?

Herta erhob sich und öffnete. Eine tief verhüllte, weibliche Gestalt trat über die Schwelle, und als sie langsam den Schleier fallen ließ, blickte Herta erstaunt und verwirrt in das schöne, vor Aufregung und Scham geröthete Gesicht Selma's.

»Ich komme, Dich um Vergebung zu bitten«, begann die Arme.

»Du hättest Dir diese Demüthigung ersparen können«, erwiderte Herta mit einem Blick voll Härte und Hohn, »Du hast meine Ehre angegriffen, Du hast mich, ein treues, tugendhaftes, jüdisches Weib, der schwersten Sünde verdächtigt, nein, ich kann Dir nicht vergeben, ich kann nicht.«

»Ich habe bereut....«

»Phrasen!«

»Ich will jede Buße auf mich nehmen, die Du mir auferlegst.«

Herta sah sie an und schien zu überlegen.

»Strafe mich«, murmelte Selma, indem sie sich zu den Füßen ihrer Freundin niederwarf, »ich darf nicht unter das Dach meines Gatten zurückkehren, ohne Deine Vergebung. Tritt mich mit Füßen, aber nimm die Sünde von mir.«

»Ja Selma«, erwiderte Herta mit vor Rachelust bebenden Lippen, »ja, ich will Dich treten, ich will Dich geißeln, vielleicht kann ich Dir dann vergeben.«

Stumm warf sich die Unglückliche vor ihr nieder, wie vor einer zürnenden Gottheit, und Herta setzte den kleinen Fuß auf sie, ohne Erbarmen, und nachdem sie sich an der Erniedrigung ihrer Feindin genügend geweidet hatte, ergriff sie die Peitsche, mit der sie die große Dogge ihres Mannes zu strafen pflegte. Ruhig, stumm entblößte Selma ihre schönen Schultern und neigte das Haupt vor Herta, und diese hatte wirklich den Muth, sie zu schlagen.

Die Peitsche zog einen glühenden Strich über Selma's Rücken und dieses Mal brachte Herta zur Besinnung. Sie verbarg ihr Gesicht in den Händen und begann laut zu schluchzen. »Was habe ich gethan!« rief sie, »ich Wahnsinnige! am Tage der Reue und der Versöhnung.«

Selma hatte sich erhoben, sie schlang die Arme um Herta und suchte sie zu trösten. »Ich habe verlangt, daß Du mich strafen sollst«, sagte sie sanft, »Du hast mir nicht zu viel gethan.«

»Nicht zu viel?« erwiderte Herta, »gut dann wirst Du mich aber gleichfalls strafen, Selma, denn ich bedarf der Buße mehr als Du, Du gute, großmüthige, einzige Frau.«

Sie riß mit einer fieberhaften Hast den türkischen Schlafrock, den sie trug, herab, und das Hemd und kniete vor Selma nieder.

»Strafe mich«, bat sie, »schone mich nicht.«

Selma nahm die Peitsche und gab ihr drei sanfte Streiche, nicht anders, als wenn sie ihre Schultern mit einer Blume berühren würde.

»Selma!« rief Herta aus, »Du hast mich mehr gedemüthigt, als ich Dich. Kannst Du mir vergeben?«

»Statt ihr zu antworten, zog Selma die Knieende an sich und küßte sie, Herta aber machte sich los, ergriff Selma's Fuß und preßte ihre Lippen auf denselben.

Der Tag verrann, der lange Tag, der kein Ende zu nehmen scheint und wieder waren die jüdischen Männer im Tempel vereint, das letzte Gebet zu dem Throne des ewigen Richters emporzusenden.

Während die Nehila erklang, flackerten die Kerzen zu Ende, mehr als eine erlosch, der geheiligte Raum wurde düsterer und düsterer.

Endlich sprach der Rabbiner die erlösenden Worte, dieselben, welche der fromme Jude angesichts des Todes spricht.

»Höre, Israel! Der Herr ist unser Gott! es ist nur ein Gott!«

Nachdem er diese Worte siebenmal ausgesprochen, erklang zum letzten Mal das Widderhorn, und dann verließen die Männer still und ernst den Tempel.

Vor dem maurischen Thor der Synagoge trafen sich Bär und Wolf. Schweigend gingen sie nebeneinander dem Hause zu. Ueber ihnen erglänzte milde der schöne Stern, der Bote des Sabbath, der Bote des Friedens und der Versöhnung.

Du sollst nicht tödten.

(Jüdische Ehre. – Das Duell.)

Die Gräfin Mara Barowic war in einer Person die Circe, Omphale und Semiramis des kroatischen Berglandes Zagorien. Alle Männer, jung und alt, lagen zu ihren Füßen und doch war sie eher häßlich als hübsch zu nennen.

Aber sie besaß jene Häßlichkeit, welche frappirt, fesselt und reizt. Dann hatte sie eine Geschichte hinter sich, welche sie interessant machte.

Man behauptete, daß sie ihren Mann durch einen ihrer Günstlinge auf der Jagd erschießen ließ, als dieser kroatische Ninus ihr lästig zu werden begann.

Und sie war originell!

Wenn das Weib ein Kunstwerk ist, wie ein berühmter Dichter gesagt hat, so darf man nicht vergessen, daß heute die Zeit des Gefälligen, Anmuthigen in der Kunst vorüber ist, man zieht die grausame Wahrheit der liebenswürdigen Schönheit vor, in der Kunst und ebenso in der Liebe.

Die Gräfin war ein Weib in diesem Geschmack. Von ihren beiden glühendsten Verehrern nannte sie der eine, Baron Kronenfels, »décadente«, und der andere, Herr von Broda, »naturalistisch.«

Sie ritt wie ein Husar, sie kutschirte, sie hetzte Hasen und Füchse, sie liebte es, in der malerischen Tracht einer kroatischen Bäuerin die Felder und die Forste zu durchstreifen und traktirte ihre Gläubiger mit der Hundepeitsche, wenn sie ihr Geld haben wollten.

Die Gräfin war nämlich vollständig verschuldet, nicht nur, daß auf ihrem Gute Granic kein Nagel mehr ihr gehörte, nicht einmal der falsche Zopf, den sie trug, war ihr Eigenthum.

Die jungen Cavaliere, welche sich um ihre Gunst bewarben, erklärten sich deßhalb die Vorliebe der zagorischen Circe für die beiden »Weisen aus dem Morgenlande«, wie sie Broda und Kronenfels nannten, durch die glänzende materielle Lage dieser jüdischen Edelleute.

Baron Kronenfels war von etwas älterem Adel und genoß daher ein gewisses Ansehen, Herr von Broda dagegen war erst selbst geadelt worden und diente umsomehr als Stichblatt aller schlechten Spässe, als er einen geradezu lächerlichen Kultus mit seinem Wappen trieb. Es gab keinen Ort, wo er dasselbe nicht anbrachte, es glänzte sogar auf dem Halsband seines Hundes und auf den Cigaretten, die er sich apart bei Laferme fabriziren ließ.

Kronenfels und Broda waren gute Freunde und Kameraden, denn Beide waren Offiziere in der Reserve, aber wie lange hält Männerfreundschaft gegenüber einer Frau Stand?

Ihre gegenseitige Eifersucht steigerte sich von Tag zu Tag und nahm endlich jenen akuten Charakter an, wo man sich jeden Augenblick auf einen Konflikt gefaßt machen muß.

*

Eines Abends beim Spiel und beim schäumenden Champagner fand die von ihren Freunden längst erwartete Explosion statt.

Baron Rukawina gab eine lustige Geschichte aus dem bewegten Leben der Gräfin zum Besten.

Sie sollte wegen der seit Jahren rückständigen Steuer exequirt werden und setzte daher Himmel und Erde in Bewegung, um das drohende Unheil abzuwenden. Sie reiste nach Agram und von da nach Budapest. Hier bestürmte sie den Minister, die einflußreichen Deputirten, ja sie erbat sogar eine Audienz beim König. Ueberall gab man ihr Hoffnung, aber die Gefahr wurde trotzdem immer dringender.

Da stellte sich ihr der Baron Meyerbach vor und bot sich an, die Sache zu arrangiren.

Meyerbach war ein intelligenter Mensch mit einem guten Herzen und einer offenen Börse, aber die ungarische Aristokratie nahm ihn dennoch nicht in ihre intime Kreise auf, aus dem einfachen Grunde, weil er Jude war.

»Haben Sie denn wirklich so viel Einfluß?« fragte die Gräfin erstaunt.

»Fragen Sie mich nicht, wie ich verfahren werde, Gräfin,« erwiderte der Baron, »genug, ich bin des Erfolges vollkommen sicher.«

»Und was verlangen Sie von mir für diesen Dienst?«

»Nichts, als daß Sie während zwei Wochen täglich eine Stunde mit mir in der Waitzener Gasse promeniren, täglich eine Stunde in meiner Gesellschaft auf dem Eisplatz im Stadtwäldchen zubringen und sich jeden Abend an meiner Seite in einem anderen Theater sehen lassen.«

»Das ist alles?«

»Alles.«

Die Gräfin that alles, was der Baron verlangt hatte.

Vierzehn Tage später erhielt sie die Quittung über die bezahlten Steuern – 32,000 Gulden – und Baron Meyerbach fand die Thüren der ungarischen Aristokratie nicht mehr verschlossen. Die Gräfin hatte ihn, wie man sagt, lancirt.

Man lachte und ließ den schlauen Meyerbach leben, nur Broda machte ein trauriges Gesicht. Seufzend murmelte er die Worte Goethe's vor sich hin: »Nach Golde drängt, am Golde hängt doch alles.«

Baron Kronenfels legte die Karten mit Ostentation auf den Tisch und sah ihn an.

»Wollen Sie damit sagen, daß eine Dame, wie die Gräfin Mara Barowic, sich durch Geld oder Reichthum blenden läßt?«

Broda zuckte die Achseln.

Da erhob sich Kronenfels entrüstet und rief: »Sie sind ein Jude!«

Einen Augenblick blieben alle starr, dann sprang Broda gleichfalls auf und erwiderte vor Wuth bebend: »Sie sind ein Jude!«

Die Folge dieses Wortwechsels war eine Herausforderung. Beide Herren wählten auf der Stelle ihre Sekundanten. Man entschied sich für Pistolen, und das Rendezvous sollte am nächsten Morgen in dem Eichenwalde von Granic stattfinden.

*

Broda war nicht lange nach Hause zurückgekehrt und hatte kaum begonnen seine Papiere zu ordnen, als der Rabbiner Salomon Zuckermandel bei ihm erschien.

»Sie wollen sich duelliren?« waren die ersten Worte des weisen, gütigen Alten.

»Ja.«

»Und noch dazu mit einem Juden? Nein, Herr von Broda, Sie können, Sie dürfen, Sie werden nicht auf einen Menschen schießen.«

»Verzeihen Sie, Rabbi Salomon, aber von Ehrensachen verstehe ich mehr als Sie.«

»Glauben Sie?« erwiderte der Rabbiner lächelnd, »nun, wir werden sehen. Sie glauben, die Ehre kann nur durch Blut reingewaschen werden? Mein lieber Herr von Broda, eine Ehre, die makellos ist, braucht überhaupt nicht erst gewaschen zu werden, und eine Ehre, die einen Makel hat, kann auch durch Blut nicht reingewaschen werden. Der Baron hat Sie einen Juden genannt. Ist das eine Beleidigung?«

»In dem Sinne, in dem er das Wort gebraucht hat, ja.«

»Nein, weder in diesem noch in einem anderen Sinne,« fuhr der Rabbiner fort, »sollte der Name Soldat zu einem Schimpfwort werden, weil es Soldaten gibt, die ihre Fahne verlassen haben? Diese Juden, die man meint, wenn man den Namen Jude als Schimpfwort ausspricht, haben auch ihre Fahne verlassen, es sind keine Juden mehr.

Das Judenthum ist die Ehrfurcht vor Gott, die Liebe zur Familie, die Menschenliebe, und die jüdische Ehre besteht nicht darin, Blut zu vergießen, sondern recht zu handeln und Gutes zu thun.«

»Sie haben recht, aber –«

»Nein, nein, kein Aber. Als Gott auf dem Sinai in Donner und Blitz dem Moses die Gesetztafeln gab, da gab es kein Aber, da sprach er: »Du sollst nicht tödten.« – Sie sind ein Jude, Herr von Broda, das heißt ein Mensch, Sie werden nicht tödten.«

Der junge Edelmann trat an das Fenster, um seine Thränen zu verbergen, das jüdische Herz war bewegt, der alte Mann im schlichten Talar hatte das glänzende Wappen aus dem Felde geschlagen.

*

Es war Mitternacht, als Rabbi Salomon bei dem Baron ankam und demselben einen Brief seines Gegners übergab. Kronenfels las:

Mein Herr!

Sie haben mich schwer beleidigt, indem Sie mich in einer Gesellschaft von Cavalieren einen Juden genannt haben und dies zu einer Zeit, wo Herr von Treitschke in Berlin die Juden das »Schlamaßl«, das Unglück des deutschen Volkes genannt hat. Allein Sie sind der einzige Sohn, die Hoffnung Ihrer Familie, und es würde mir leid thun, wenn ich Sie treffen würde. Sie haben mich mehr als einmal das Herz aus dem Aße schießen sehen, Sie wissen, daß ich keine Redensarten mache. Ich schlage Ihnen deßhalb vor, daß wir beide in die Luft schießen und daß wir uns gegenseitig das Ehrenwort geben, dieses Übereinkommen niemals zu verrathen.

Broda.

Kronenfels zeigte dem Rabbiner den Brief.

»Was ist da zu thun?« fragte er lächelnd.

»Herr von Broda hat bewiesen, daß er ein Jude ist,« sagte Zuckermandel, »bleiben Sie nicht zurück, beweisen Sie gleichfalls, daß Sie der Sohn eines Stammes sind, der als das älteste Kulturvolk alle anderen an Menschlichkeit übertrifft.«

Kronenfels warf einige Zeilen auf das Papier, welche Rabbi Salamon Herrn von Broda bei Tagesanbruch überbrachte. Die Antwort des Barons lautete:

Mein Herr!

Ich war eben im Begriff an Sie zu schreiben, als ich Ihren Brief erhielt.

Auch ich würde es bereuen, einen so hoffnungsvollen, jungen Mann zu tödten.

Uebrigens – *entre nous soit dit* – sind wir doch wirklich Juden, d. h. Nachkommen von Ahnen, welche älter als die

Lichtenstein und Auersberg sind und von denen wir zwei Eigenschaften ererbt haben, die Herr von Treitschke wahrscheinlich nicht besitzt, ich meine die Scheu vor Blutvergießen und das jüdische Herz voll Rachmonus.

Kronenfels.

Um sechs Uhr morgens fand das Rencontre im schönen Eichenwald von Granic statt. Die beiden Gegner hielten Wort und schossen in die Luft. Als die Sekundanten erklärt hatten, daß der Ehre Genüge geschehen sei, trat plötzlich Rabbi Salomon aus dem Gebüsch hervor, in dem er sich verborgen gehalten hatte und während Kronenfels und Broda sich versöhnt die Hände reichten, erhob der Greis segnend die Arme und sprach: »Meine Herren, Sie sind Juden!«

Über tredition

Eigenes Buch veröffentlichen

tredition wurde 2006 in Hamburg gegründet und hat seither mehrere tausend Buchtitel veröffentlicht. Autoren veröffentlichen in wenigen leichten Schritten gedruckte Bücher, e-Books und audio-Books. tredition hat das Ziel, die beste und fairste Veröffentlichungsmöglichkeit für Autoren zu bieten.

tredition wurde mit der Erkenntnis gegründet, dass nur etwa jedes 200. bei Verlagen eingereichte Manuskript veröffentlicht wird. Dabei hat jedes Buch seinen Markt, also seine Leser. tredition sorgt dafür, dass für jedes Buch die Leserschaft auch erreicht wird.

Im einzigartigen Literatur-Netzwerk von tredition bieten zahlreiche Literatur-Partner (das sind Lektoren, Übersetzer, Hörbuchsprecher und Illustratoren) ihre Dienstleistung an, um Manuskripte zu verbessern oder die Vielfalt zu erhöhen. Autoren vereinbaren direkt mit den Literatur-Partnern die Konditionen ihrer Zusammenarbeit und partizipieren gemeinsam am Erfolg des Buches.

Das gesamte Verlagsprogramm von tredition ist bei allen stationären Buchhandlungen und Online-Buchhändlern wie z. B. Amazon erhältlich. e-Books stehen bei den führenden Online-Portalen (z. B. iBookstore von Apple oder Kindle von Amazon) zum Verkauf.

Einfach leicht ein Buch veröffentlichen: **www.tredition.de**

Eigene Buchreihe oder eigenen Verlag gründen

Seit 2009 bietet tredition sein Verlagskonzept auch als sogenanntes "White-Label" an. Das bedeutet, dass andere Unternehmen, Institutionen und Personen risikofrei und unkompliziert selbst zum Herausgeber von Büchern und Buchreihen unter eigener Marke werden können. tredition übernimmt dabei das komplette Herstellungs- und Distributionsrisiko.

Zahlreiche Zeitschriften-, Zeitungs- und Buchverlage, Universitäten, Forschungseinrichtungen u.v.m. nutzen diese Dienstleistung von tredition, um unter eigener Marke ohne Risiko Bücher zu verlegen.

Alle Informationen im Internet: **www.tredition.de/fuer-verlage**

tredition wurde mit mehreren Innovationspreisen ausgezeichnet, u. a. mit dem Webfuture Award und dem Innovationspreis der Buch Digitale.

tredition ist Mitglied im Börsenverein des Deutschen Buchhandels.

Dieses Werk elektronisch lesen

Dieses Werk ist Teil der Gutenberg-DE Edition DVD. Diese enthält das komplette Archiv des Projekt Gutenberg-DE. Die DVD ist im Internet erhältlich auf **http://gutenbergshop.abc.de**

MIX

Papier | Fördert
gute Waldnutzung

FSC® C083411

Zeitfracht Medien GmbH
Ferdinand-Jühlke-Straße 7
99095 Erfurt, Deutschland
produktsicherheit@kolibri360.de